ハヤカワ文庫JA
〈JA1558〉

ウは宇宙ヤバイのウ！
〔新版〕

宮澤伊織

早川書房

8983

挿絵／今井哲也

ウは宇宙ヤバイのウ！〔新版〕

CHARACTERS
加羅玉《からたま》ちよ
久遠空々梨《くどうくくり》
〈クー・クプリス〉
非数値无香《ひすうちぬるか》
〈ヌルポイント〉
州谷州《すたにす》わふれむ
コードウェイナー菫《すみれ》

プロローグ

「……で、どうするんですか？」

「え？」

下校途中の通学路。

唐突にそう訊かれて、久遠空々梨《くどうくくり》は困惑した。

「どうするんですかって訊いたんです」

長い銀髪を五月の風になびかせて、ヌル香は繰り返した。

「聞こえませんでしたか？　既に二回言いましたが、もう一回言いましょうか？」

「いや、聞こえたけど」

口調は丁寧なのに微妙にぞんざいな、この少女の名前は、非数値无香《ひすうちぬるか》。

同じ高校に通う、同い年の、空々梨の従姉妹《いとこ》だ。

「どうするって、何を？」

「あれです」

ヌル香が細い指先をすっと持ち上げて、空々梨の背後、かなり上の方を指した。

振り返って、ヌル香の指し示す先を見上げた空々梨の目に飛び込んできたのは――

青い空。

白い雲。

……ではなく、
今まさにこちらへ向かって落下しつつある、真っ赤に焼けた、巨大な隕石だった。

「は!?」

見ている光景が信じられず、空々梨はあんぐりと口を開ける。

「い、い、隕石――!?」

「はい。直径およそ四〇〇キロメートル。地球大気圏に突入しつつあるため、大気との接触部分が赤熱しています」

背後のヌル香の声は場違いに冷静だ。

「あと三〇秒で地表面に接触します。落下予測地点は……まあ、だいたいこの辺りですね」

　途中で説明する気をなくしたみたいに、ヌル香はぞんざいに説明を終えた。

「ど、ど、ど」

「だから、どうするんですかって訊いたんです。あ、これ三回目ですね」

「ど、どうするって……どうしろっての⁉」

　空々梨は隕石とヌル香を交互に見ながら、うわずった声で叫ぶ。

「あ、あれが落ちたら、ど、どうなっちゃうの⁉」

「TNT火薬六四兆トンに匹敵する威力のエネルギーが解放されて、惑星上の全生物が死に絶えますね。早い話が、地球は滅亡します」

「……だから、それを私にどうしろってのよ⁉」

　極めて唐突に、心の準備もなく、地球滅亡の危機に直面した空々梨の慌てふためく様子を、ヌル香は不審そうに眉根を寄せて見つめた。

　その顔に浮かんでいる表情を言葉にするなら——「おまえは何を言ってるんだ」というのが最も近いニュアンスだろう。

　呆れたように小さくため息をついて、ヌル香は言った。

「どうにかできるでしょう？」

あまりにも当然のように言われたので、パニックに陥っていた空々梨も一瞬冷静になった。

——あれ？　私、なんかできるんだっけ？


ここで久遠空々梨のスペックを確認しよう。

一五歳。高校一年生。女。人類。

現代日本、東京に暮らす、ごく普通の高校生だ。

確認終わり。


「……やっぱりできないよ！」

「そうですか。残念でしたね、クー・クブリス」

さして残念そうではない口調でヌル香が言った直後、大気との摩擦で焼けた隕石の先端が地球に激突した。

斜めの角度で東京に着弾した巨大隕石は、首都圏を根こそぎえぐり取りながら東京湾に突っ込み、マントルに到達して地殻津波を引き起こした。

衝突の影響は惑星全体に及び、超高温の岩石蒸気の中で、地球上の全生命が死に絶えた。

隕石
高崎
越谷
さいたま
東京
川崎
横浜
千葉
木更津
30km

第一章

1

「うわあああああああ！」

絶叫しながら飛び起きた。

「はあ、はあ、はあ」

ベッドの上に身を起こし、息を切らしながら、空々梨は朝の光に目を瞬《しばたた》く。

窓から穏やかな春の風が流れ込んできて、汗で湿った顔を撫でた。

部屋の中は平和そのものだった。

寝る前にやった宿題のプリントが出されたままの机。辞書や参考書よりもマンガや小説が多い本棚。壁には好きなゲームやアニメのポスターが何枚か貼られている。いつもと何も変わらない、自分の部屋だ。

「ゆ……夢……？」

呟く声が震えていた。

夢？

あれが、夢？

空々梨は呆然とかぶりを振る。

夢にしても、あまりにもリアルだった。

隕石が近づいてくるに従って、どんどん強まる風。

空は真っ赤に染まって、乱気流が吹き荒れ、見たこともないような動きで雲が流れていた。

どんな雷よりも大きな、身を震わせる重低音。空気そのものが灼《や》ける臭い。

そして、全身を叩きつける、凄まじい熱と光。

これ以上ないほど明確な、地球最後の日《アポカリプス》の情景だった。

まだ心臓がバクバク言っている。

「ひどい夢……死んだかと思った」

額の汗をぬぐいながら呟く。

「夢じゃありませんよ」

「おわあっ⁉」

鎮まりかけた心臓がもう一度跳ね上がって、素っ頓狂な声が出た。

ベッドの横に、従姉妹のヌル香が座っていた。

艶やかな銀髪に、青い瞳。日本人離れした特徴が不思議に似合っている。その顔は無表情というより、超然と人を見下ろすようだった。制服姿で、空々梨の机から持ってきた椅子に腰掛け、ニーソックスの足を組んでぶらぶらさせている。

固まっている空々梨に苛立たしげな目を向けて、冷めた声でヌル香は言った。

「何やってるんです？　しっかりしてください、久遠空々梨――いえ、クー・クブリス」

たっぷり五秒は硬直してから、空々梨はようやく言語を取り戻した。

「何やってんの私の部屋で⁉」

「あなたが起きるのを待ってたんですよ、このお寝坊さん」

にこりともせずにヌル香が答えた。

「あなたの寝顔を見ながら私がどれだけ待ってたと思うんです？　あまりに暇すぎて、あなたが机の引き出し奥深くに厳重に秘匿したつもりの特殊な同人誌を全冊読破してしまいましたよ。ああいうのがお好きなんですね」

「本当に何してくれてんの⁉　従姉妹だからってやっていいことと悪いことがあるでし

ょ!?」

「嘘です」

「う……?」

「嘘です。私はあなたの机の引き出しを漁ったりしていません。やっていいことと悪いことの違いがわかる女ですから、私」

口をぱくぱくさせている空々梨をジト目で見やって、ヌル香は続けた。

「嘘をついたことはお詫びします。でも、おかげであなたが机の引き出しの中に特殊な同人誌を秘匿していることはわかりました。そんな人だとは思いませんでしたね」

空々梨はぎゅっと目を瞑って、両手で顔を覆った。

「泣かせてしまいましたか?」

「………………」

空々梨はゆっくりと深呼吸をしてから、そっと顔を覆った手を下ろした。

「……説明して」

「はい?」

「状況がまったく理解できない。なんで君が私の部屋にいて、私の寝顔を見てるんだ。起きて早々、なんでこんな謂われのない誹謗中傷を受けなきゃならないんだ。説明して」

「話せば長くなりますよ」

「いいから」

「わかりました」

素直にうなずいて、ヌル香はすらすらと話し始めた。

「無限に広がる大宇宙――そもそもの始まりはビッグバンと言われていて……」

「ストップ！　ストーップ！」

「なんですか。話の腰を折られるのは好きじゃないんですが」

「宇宙開闢《うちゆうかいびやく》に遡って話せとは言ってないよ！　余計なネタはいいから！　私が今置かれてる状況を、シンプルに、説明して！」

「最初からそう言ってくれればいいのに」

理不尽な命令を下されたように、ヌル香は小さくため息をついた。

「わかりました。ではシンプルに説明します」

「そうしてくれる……？」

力なく空々梨は答える。起床して何分も経っていないのに、早くも疲労困憊《ひろうこんぱい》していた。

空々梨のそんな様子を冷然と見やって、ヌル香は説明を始めた。

「久遠空々梨、あなたは星間諜報組織〈偵察局〉のエージェント、クー・クブリスでした。

私はあなたの偵察船《レコシップ》〈ヌルポイント〉でした。正確にはそのＡＩ人格ですが」

「…………は？」

ぽかんとしている空々梨に一切構わず、ヌル香は続けた。

「〈ヌルポイント〉は世界線混淆機《ワールドシャッフラー》を用いた超強力なエンジンを装備していましたが、危機に陥ったあなたがそれを大出力で起動したため、宇宙はめちゃくちゃになり、あなたは現代日本に生きる女子高校生、久遠空々梨となり、私はあなたの従姉妹である非数値无香になったわけです。ついでに言うと、私はあなたの同居人です。説明終わり」

一気にまくしたててから、ぴたりと口を閉じた。

「え？」

「…………」

「え？　何？　もう一回」

「**あ？**」

「なんでキレてんの⁉」

「シンプルに説明しましたよね、私？」

「シンプルすぎてわかんないよ！」

空々梨が突っ込むと、ヌル香は忌々しげに眉をひそめた。

「これだから人間は……」

「君も人間でしょ⁉」

「たいへん不本意ながら、そうですね。今は」

面白くなさそうにそう言って、ヌル香は「お手上げ」のジェスチャーをしてみせた。

「懇切丁寧に説明しようとしてもダメ。シンプルに要点をまとめてもダメ。どうしろと言うんですか、クー？」

「わかった、悪かった！　私の頼み方が曖昧だったんだよね！」

「頼み方も曖昧でしたし、付け加えるなら理解力も足りないと思いますね」

空々梨はもう一度両手で顔を覆った。

「泣かせてしまいましたか？」

特に気遣いを感じない口調で、ヌル香が訊ねた。

空々梨は顔を覆ったまま、呻くように答える。

「泣いてない。数を数えてる」

「数を数えて何かいいことが？」

「冷静になろうとしてるんだよ……」

「ふうん。じゃあきっと、計算機やソロバンはすごく冷静なんでしょうね」

「…………」

「で、冷静になれました？」

「…………」

「もう一〇秒ほど経ちましたから、一〇〇〇億桁くらいは数えられましたよね？　相当冷静になったと思いますが。まるで氷のように――」

「うるさいよ！」

冷静になるのを諦めて空々梨は叫んだ。

「ちょっと黙って――いや、訂正。黙らないで」

ヌル香が言われたとおりに口を閉ざそうとしたので、空々梨は慌てて言い直す。

「一つずつ訊くから、答えて。私が、誰だって？　クーなんとかって言ってた？」

「クー・クブリス」

「それが私の名前？」

「そうです」

「なんとかのエージェント？」

「なんとかではありません。〈偵察局〉です」

呑み込みの悪い子供に向かって辛抱強く言い聞かせるように、ヌル香は言った。

「そして、私はあなた専用の偵察船《レコシップ》〈ヌルポイント〉でした。あなたは私に乗って、銀河系を縦横無尽に飛び回り、凶悪で無慈悲な銀河列強種族たちを相手に何度も死線をくぐり抜けてきた——控えめに言っても、あなたはかなりの敏腕エージェントだったのですよ」

空々梨の目を見て静かに語るヌル香の声からは、さっきまでの棘や皮肉が抜け落ちていた。

哀しげにさえ見える青い瞳に、胸がズキリと痛む。

「な、何わけのわかんないこと言ってんの——私はただの高校生だし、君はただの、口が超悪いだけの私の従姉妹だし……」

そう笑い飛ばそうとして、空々梨は凍り付いた。

「……あれ？」

記憶が——

記憶が、ある。

うっすらと、夢のようにおぼろげだが、銀河を駆ける星間エージェント、クー・クブリスとしての記憶が、頭の中に——

「な、なにこれ？　どうなってんの⁉」

その記憶は、まるで生き物のようだった。

高校生、久遠空々梨としての記憶の奥深くを、一介の高校生のものではあり得ない――いや、現代の地球に暮らす人類のものではあり得ない記憶が、魚のように泳ぎ回っている。捕らえようとしてもつるりと逃げて、はっきりと見定めることすらできない記憶の影。

赤々と噴き上がる恒星のプロミネンス。小惑星帯の廃棄された隠れ家。液体金属でできた流動都市に暮らすプラズマ生命体。五つの月の下、氷結した大地を、狼に似た獣に引かれた戦闘用橇《そり》が駆け抜けていく。

断片的なイメージが、不意に浮かんでは、また無意識の淵へと沈む。

「思い出しましたか？」

冷静な声で我に返った。

振り向くと、じっとこちらを見つめるヌル香と目が合った。

「いや……」

空々梨はのろのろと口を開いた。

「わからない。なにこれ。私の記憶の中に、もう一人分の記憶があるみたい。ほとんど思い出せないけど、でも、間違いなく自分の記憶に思える――」

「だから、あなたの記憶なんですってば、クー」

「私の……」

「でも、一つアドバイスしますが、自分の記憶をそんなに簡単に信じちゃいけませんよ、クー。ターゲットに偽の記憶を移植するのは詐欺の常套手段ですからね」

「信じていいの？　信じない方がいいの？」

「私は詐欺師じゃないので、信じていいです」

空々梨の疑問をあっさりと受け流して、ヌル香は続けた。

「で、私のことは思い出しましたか？」

言われて、空々梨はじっとヌル香の顔を見た。

冷ややかな青い目が、空々梨の視線を受け止める。

非数値无香。空々梨の、同い年の従姉妹。

幼い頃から、一緒に遊んだ記憶がたくさんある。

空々梨よりも口が回るので、小さいころは泣かされたことも数知れず……。

そんなヌル香は、今では空々梨と二人暮らしの同居人だ。

その彼女が、〈ヌルポイント〉とかいう宇宙船のAIだって？

昨日までそんなこと一言も口にしたことがないのに。

「……ごめん。思い出せない」

「そうですか。まあいいです」

淡々とヌル香は答えた。

「いや、というかさ、疑問なんだけど」

「はい」

「なんで今日になっていきなりそんなこと言い出したの？　私の記憶も、言われるまで全然気付かなかったんだけど」

「それはですね、この世界はつい五分ほど前に生まれたばかりだからです」

「……は？」

何を言われたのか理解しかねて、空々梨は間抜けな声を出した。

「そして、さっきあなたも見たとおり、生まれたばかりのこの世界において、地球は巨大隕石の落下によって滅亡しました」

「…………は？」

「隕石が迫っているのに、あなたが完全に役立たず……失礼、何の対処もできないようでしたので、たいへん勝手ではありましたが、私の判断で緊急回避のため時間跳躍を行ない、隕石落下の三日前まで戻りました」

「……………は？」

理解が追いつかない空々梨に向かって、ヌル香は淡々と宣言した。

「今は隕石落下の三日前です。三日経ったら、あの隕石がまた落ちてきます。あと三日のうちにあの隕石をなんとかする手段を見つけないと、今度こそ私たち二人も、この地球も、おしまいです。時間跳躍を行なう余剰エネルギーはもうありません。したがって、あと三日で、なんとかしてください」

「ちょ、ちょっと待っ……」

空々梨が何か言おうとした瞬間、

――ピンポーン。

玄関のチャイムが鳴った。

「ちよが来たみたいですね」

「ち、ちよ？」

――ピンポーン。

「加羅玉《からたま》ちよですよ、あなたの幼なじみの」

――ピンポーン。

忘れたんですか？　とでも言いたげな目を空々梨に向けて、ヌル香は付け加えた。

「さっさと出たらどうです？　起こしに来てくれたんですよ？　いつも通りに」

2

――ピンポーン。

――ピンポンピンポーン。

――ピポピポピポピンポーン。

「はいはいはいはい」

次第にチャイムが連打される間隔が早くなる中、空々梨は部屋からよろめき出て、居間のインターホンにどたばたと駆け寄った。

「は、はい！」

「あ、くーちゃん。おはよー！」

インターホンのディスプレイに映ったのは、幼なじみの加羅玉ちよの笑顔だった。

ふにゃっと笑って、ディスプレイに手を振っている。

小学生のころから毎朝、ちよは朝寝坊の空々梨を迎えに来てくれるのだ。

「今日は出るの早かったねー。開けて開けて」

空々梨は玄関まで歩いていくと、ドアのロックを回して押し開けた。

朝の光と、新緑の匂いを孕んだそよ風と共に、ちよが玄関に入ってきた。手慣れた様子で靴を脱いで廊下に上がる。

「おはよー。さー、早く支度支度！　駆け足ー、すすめ！」

「う、うん」

もたもたしている空々梨を、ちよは両手でぐいぐい家の中に押し込んでいった。

マンションの五階にあるこの家に住んでいるのは、空々梨とヌル香の二人だけだ。

空々梨の両親は物心ついたときには既に亡く、空々梨はヌル香と一緒に育てられた。

そのヌル香の両親も海外で働くことになったため、高校に入ってから、空々梨とヌル香は同じ家に暮らしている。幼い頃から一緒なので、ほとんど家族のような感覚だ。

ちよはそんな二人の幼なじみで、家が近いこともあって、しょっちゅう三人で行動していた。いる。年齢こそ同じだが、ふわっとした性格も相まって、二人の妹的なポジションを占めていた。

リビングに入ると、ちよは空々梨を解放し、食卓の方へ向かった。

「お腹空いちゃった！　パンもらうねえ」

返事を待たずに食パンをトースターに突っ込み、台所へ行って冷蔵庫を開ける。

「早く顔洗って着替えてきなよー。くーちゃんの分も食べちゃうよ？」

「そうですよ、クー。さっさと学校に行く準備をしないと遅刻します」

　空々梨の部屋から出てきたヌル香が言った。

「あっ、ぬるちゃん」

　冷蔵庫からバターとリンゴジャムの瓶を取り出したちよが、ヌル香の声に振り返った。

「おはよー。どうしたの、いつもなら先に出てるのに。珍しいね？」

「おはようございます。今日はちょっと出るのが遅れました。一緒に学校行きましょうか」

「うん、いこいこ」

　ちよに対するヌル香の態度は、空々梨への態度とはまったく違った。

　穏やかで、優しく、年の離れたかわいい妹に接する姉のようだ。

「ほら、何をぐずぐずしてるんですか。さっさとその寝癖頭に水でもかぶってきてくださ い」

　空々梨への態度は特に変わらなかった。

　釈然としない思いで洗面所に行き、顔を洗い、寝乱れた髪を整える。

　鏡を見ると、一五年間見慣れた顔が自分を見返している。

　とても困惑した顔をしていた。

銀河を駆ける〈偵察局〉エージェント？

私が？

一人になって改めて考えてみると、荒唐無稽もいいところだ。

「はは……なんだそれ」

笑い飛ばそうとしてみたが、鏡の中の笑い顔はひきつっていた。

嘘や作り話と断定することは簡単だ。

しかし、空々梨の中の何かが、それにブレーキをかけていた。

〈偵察局〉。

世界線混淆機《ワールドシャッフラー》。

偵察船《レコシップ》〈ヌルポイント〉。

ヌル香の口にした言葉は、聞き慣れないはずなのに、どういうわけか不安になるほど馴染み深く感じられた。

空々梨が生まれ育った（はずの）この世界や、ヌル香やちよをはじめとした、よく知っている（はずの）人々と同じくらいの馴染み深さを、それらの言葉は備えていた。

そして、もっとも空々梨を不安にさせた言葉――

「……クー・クブリス」

呟いてみて、改めて衝撃を受けた。

その単語は、「久遠空々梨」と同じか、もしかするとそれ以上に馴染み深い響きを持って空々梨の耳を打った。

「それが私の名前なの？」

鏡に向かって、空々梨は問いかける。

——一体おまえは何者なんだ？

鏡の中の自分に、そう問い返された気がした。


Tシャツ短パンの寝間着を制服に着替えてリビングに戻ると、テーブルに着いたちよは、もっくもっくとトーストを囓りながら、向かいの席に座ったヌル香と楽しげに笑いあっていた。

「あ、目は覚めた、くーちゃん？」

「まあ、うん」

「残念だけど、くーちゃん……もうゆっくり食べてる時間はないよ」

深刻な顔でそう言うと、ちよはトーストの最後の一切れを牛乳で流し込んで立ち上がった。

「もうすぐ最後のパンが焼けるから、せめてそれ食べるといいよ」

コップと皿を流しに持っていきながら、ちよは言った。

いつも通りの光景だった。

空々梨を起こしてくれる代わりに、ちよは毎朝ここで朝食を食べていくのだ。

自分の家では食べていないのかと思ったら、そうではないらしい。

一回目の朝食を自宅で取り、空々梨の家で二回目の朝食を取っているのだそうだ。

とにかくいつでもお腹を空かせている少女。それが加羅玉ちよだった。

バシャッ、とトースターが焼けた食パンを吐き出した。

バターもジャムも、既にテーブルからは片付けられてしまっている。熱々のトーストを苦労してつまみ上げながら、空々梨はヌル香と視線を合わせた。

「……なんですか、クー？」

「さっきの話の続きをしたいんだけど」

流しで皿を洗っているちよの方を気にしつつ、ひそひそ声で言う。

「……あとにした方がいいか」

「あとにする必要はありませんよ」

「ちよに聞かれたらまずいでしょ」

「聞かれずに話すことはできますから」
ヌル香がそう言った直後、空々梨の頭の中で凄まじい大音量が炸裂した。
（こんなふうに!!）
「わあああ！」
思わず声が出るほど驚いてしまった。
（聞こえますか!!　今！　あなたの頭の中に！　直接!!）
（やめて!!　わかったからやめて!!　音量でかすぎ!!）
必死で心の中で叫び返すと、ヌル香は小首を傾げた。
（……耳がいいんですね）
（ふざけるな！　絶対ボリューム調節間違ったでしょ今）
（失礼な。私は間違ったりしません）
（頭が割れるかと思った）

（割ることも可能ですが、やってみましょうか？）

（やめて！）

「どーしたのくーちゃん、おっきい声出して」

洗い物をした手を拭きつつ、ちよが戻ってきた。

「……な、なんでもない。トースト落としそうになっただけ」

「もー、気をつけてよ？　もったいないじゃない。くーちゃんが食べないんだったら私がもらうよ？」

「そうですよ、気をつけてください、クー」

すました顔でヌル香が便乗する。

「ほら、くーちゃん、もう出ないと学校遅刻しちゃうよ。いこいこ」

ちよが自分のカバンを持ってどたばたと玄関へ向かう。

「早く早く！　パン食べながらでもいいから！」

「行きましょう、クー」

ヌル香がちよの後に続く。

戸惑いながらもパンをくわえて、空々梨は二人の後を追った。

三人でマンションのエレベータに乗る。

五階から一階へ下りる間、空々梨は目の前のちよの頭のてっぺんを見ていた。

つむじが渦を巻いている……。

ちよとヌル香は、空々梨に背を向けて、何か楽しそうに話していた。

「……でね、やんなっちゃうよねー」

「それはひどいですね」

「ほんとだよー、おかげでお腹ぺこぺこになるしさー」

「それはひどいですね」

（おい）

ヌル香に向かって心の中で言葉を投げてみた。

（…………）

（ちょっと）

（…………）

（ねえってば）

（…………）

（あれ？　聞こえてない？　ヌル香？）

（はい、何でしょう）

（聞こえてるんなら返事してよ）

（私の名前は「おい」ではありませんので）

（そりゃ悪かったですね）

（素直に謝ったので、許してあげます）

エレベータが一階に着き、三人は外に出た。

いつもの通学路。学校までは徒歩で二十分程度だ。

振り返ったちよが空々梨の顔を見て笑い出した。

「あっはは、くーちゃん、ほんとにパンくわえて来たの？」

「食べながら出ろって言ったの自分じゃない」

「言ったけどー、あはは、曲がり角で転校生にぶつかる人みたい」

「そうですね。実際、パンをくわえて角を曲がった際の衝突事故の確率は有意に上昇することが確認されています」

（また適当なことを……）

反論したくなったが、パンで口の中がいっぱいだったので、結局もぐもぐ言っただけだった。

実際、パンをくわえて角を曲がると、衝突事故の確率は有意に上昇する。

この事実を明らかにしたのは、アルファケンタウリに住む佐藤さんだ。

パン屋を営む佐藤さんは、朝、自分の店で焼きたてのパンを買っていく高校生が、次の角を曲がろうとして、同種族の高校生とぶつかる様子を何度も目撃した。

統計を取ってみると、店を出たその場で包みを開けて、食べながら歩いていく客の方が圧倒的に通行人と正面衝突していることが判明した。

自説を証明しようと佐藤さんは、自ら焼きたてのフランスパンを口にくわえて角を曲がったところ、一〇一回目の試行で確かに衝突を再現することができた。しかし、衝突の拍子に、くわえていたフランスパンが喉の奥へと押し込まれてしまったため、そのまま窒息して帰らぬ人となった。佐藤さんの発見は学術誌に発表され、何人かの犠牲者を出した。


(なので、気をつけた方がいいですよ、クー)

(何をどう気をつければいいの、それ？)

頭の中で言い返しながら角を曲がったときだった。

まったく唐突に、頭の中でものすごい危機感が膨れ上がった。

——このまま進んじゃ駄目だ！

考えるより早く、踏み出した足を止めた瞬間、空々梨がくわえていたパンが爆発した。

「ぶわあっ⁉」

粉末状になったパンが四散する中、空々梨はのけぞってすっ転んだ。

「な、何だ⁉」

（狙撃ですね）

（そ、……え？）

（見てください）

ヌル香が指差す方を見ると、電柱に穴が開いていた。

きれいな真円の穴だった。縁の部分は工業製品のように滑らかだ。

言葉を失ってへたり込んでいる空々梨を、目を丸くしたちよが覗き込んだ。

「だいじょーぶ、くーちゃん？」

「う、うん……」

上の空で返事をする空々梨の脳裏に、ヌル香の冷静な解説が響き渡る。

（重力子ビームか何かで撃たれましたね。入射角からして相手は地球上にいるとは思いますが）

ヌル香は遠くの方を見やって続けた。

（弾道計算しましょうか？　まあいいですよね、面倒ですし。どうせもう、狙撃地点からは逃げてます）

ＡＩを名乗っているのに、あろうことか「面倒」の一言で計算をやめてしまった。

ちよは電柱に空いた穴を見上げながら、感嘆のため息をついている。

「すごいねー。びっくりしたよ！　パンって爆発するんだね！」

「いや……」

「あっ、だからパンって言うのか！　パーンって爆発するから！」

「ちよは頭がいいですね。クーはもっと早く気付くべきでしたね」

「えへへ、頭いいなんて、照れるよーぬるちゃん」

「ふふ」

にこやかに笑い合うちよとヌル香の足もとで、空々梨はしばらく呆然としていた。

（…………何これ？）

（だから気をつけるように忠告したんです。パンをくわえて角を曲がると危ないって説明したのに、どうして私の言うことに耳を傾けなかったんですか、クー？）

（アルファケンタウリの佐藤さんの話を真面目に受け止めろっての!?）

（よその星の話だから軽んじていいと？　いただけませんね、クー。太陽系から四・三九光年、ご近所もいいところですよ？）

空々梨は立ち上がって、尻の埃を払った。さっきの唐突な危機感はすっかり消えている。あれはクー・クブリスとしての危険回避能力だったのだろうか。

（誰が私を狙撃なんかするの？）

（わかりませんね。推測しろと言われればやりますが、あなたはたくさんの種族の恨みと怒りを買っていて、容疑者はとても多いので、私の計算リソースをそんな無駄な推測に使いたくありません）

落としたカバンを拾い上げて、まだびっくりした顔のちよをうながして歩き始める。

（はい、クー）

（ヌル香——いや、〈ヌルポイント〉だったっけ）

（説明して）

（はい？）

（私の今置かれている状況を、なるべく簡潔に、わかりやすく、説明して）

空々梨とちよと連れだって歩きながら、ヌル香は横目で空々梨を見つめ、そして——

（はあ…………）

心底面倒くさそうにため息をついた。

言葉ではなく思念なので、本当に面倒くさがっているのがよくわかった。

3

（すべての原因は、世界線混淆機《ワールドシャッフラー》です）

朝の住宅街を歩きながら、ヌル香は浮世離れした説明を始めた。

ヌル香によれば、世界は一つだけではないのだそうだ。

ものすごくたくさんの並行世界が隣り合って存在していて、それぞれの並行世界は、少しずつ異なっているのだという。

世界Aの空々梨はモテてモテて仕方ない美女かもしれないが、世界Bの空々梨は一人の友達もいない引きこもりかもしれない。

世界Cの空々梨はオタクかもしれないが、世界Dではヤンキーかもしれない。

世界Eでは、モテすぎて刺されて、もう死んでいるかもしれない。

ほんの小さな違いから大きな差異まで、ありとあらゆる可能性の並行世界が存在し、隣り合っている。空々梨が女ではなく男の世界だってあるだろう。

〈世界線混淆機《ワールドシャッフラー》は、複数の並行世界を繋げる機械です。私、つまり偵察船《レコシップ》〈ヌルポイント〉には、世界線混淆機《ワールドシャッフラー》がエンジンとして搭載されていました〉

「……それでね、くーちゃん。思ったんだけど、ハチミツをかければたいていのものは……」

ちよが何か話しているようだが、耳に入ってこない。

〈なんでその機械がエンジンになるの？〉

〈高い場所にある池と、低い場所にある池の間を水路でつなぐと、高い池から低い池に向かって水が流れますよね？〉

〈え……うん〉

「……カレーも結構なポテンシャルを秘めてるよね……みんな気付いてないかもしれないけど、あたし、この間発見したの……」

〈一つ一つの並行世界は、それぞれ持っている可能性《ポテンシャル》の量が違うので、二つの世界を繋げると、〝高い〟世界から〝低い〟世界に向かって可能性が流れ込みます。このポテンシャル勾配からエネルギーを取り出すのが世界線混淆エンジンです。いわば、水の代わりに世界そのものを使った水力発電ですね〉

空々梨は高い池と低い池のたとえを思い浮かべる。

（池じゃなくて、世界そのものの間を水路が繋ぐわけか……。なんか、すごい話に聞こえるけど）

（ええ、すごい話ですよ。世界Aが世界Bに雪崩《なだ》れ込むんです。一瞬動かしただけでも、取り出せるエネルギーの量は天文学的な数値になります。——その代わり、宇宙がかき乱されてめちゃめちゃになりますが）

（……ええ？）

「くーちゃんってば！」

目の前で足を止めて振り返ったちよの声に、空々梨は我に返った。

「もー、さっきから話してるじゃん！　返事してよ！」

「あ、いや、ごめん」

まったく聞いていなかった。

「もー。今日のくーちゃん、なんか変だね。まだ寝ぼけてる？」

「……そうかもね」

寝ぼけてるだけならどんなによかったか。

しかし、どうやらそうではない。

夢とは到底思えない隕石落下の情景。

当たり前のようにテレパシーで会話するヌル香。

空間そのものをくり抜いたような狙撃痕。

尋常ではない事態が進行しているのは間違いなかった。

「……ほんとに大丈夫、くーちゃん？」

心配そうに見上げるちよに、なんとか笑い返した。

「大丈夫だよ。ごめんね。やっぱり、まだ寝ぼけてるみたいだ」

「変なくーちゃん」

ちよはふにゃっと笑ってから、何か思いついたように手を打った。

「あ、わかった！　きっとお腹空いてるんだよ。お腹空いてるとぼんやりするもんね。わかるわかる」

そう言って、ちよは行く手のコンビニを指差す。

「なんか買ってこ？　わたしもお腹空いちゃったよ」

「え、さっき食べたばっかりなのに？」

「んー、ちょっと量が少なかったのかも」

「そ、そう……？」

　空々梨の家で、ちよは少なくとも食パンを二枚、バターとジャムをたっぷり塗って平らげているはずだ。ちよの小柄な身体のどこに食べた分の量が入るのか、空々梨はいつも不思議に思う。

「さ、いこいこ。朝の買い食いは格別だよねー」

　呆れ顔の空々梨と、やさしい目で見つめるヌル香を先導して、ちよは弾むような足取りでコンビニに入っていった。

「……ヌル香。一つ訊いていい？」

　小さな声で空々梨は言った。

「はい？」

「君、ちよに対してだけは、なんでそんなにやさしいの？」

「は？　私は基本やさしい女ですよ。何わけのわかんないこと言ってるんです？」

「いや……どこがよ。私にはものすごく冷たいじゃない」

「あなたに対してだって、超やさしく接してるのに、酷いです……」

　傷ついたような顔でじっと見上げられて、空々梨はうろたえた。

「そ、そう……かな？」

　自分の受け止め方がひねくれているのだろうか。

悩んでいると、ヌル香は表情を元に戻した。

「まあ、冗談はともかく」

「…………」

「確かに、不思議です。なんだか、あの娘には引きつけられる……。人徳のパラメータが高いのかもしれませんね」

「じ、人徳？」

偵察船《レコシップ》のＡＩを自称する割に、やけに人間くさいことを言う。

「あ、クーには縁のないパラメータなので、気にしなくても大丈夫です」

「……あ、そう」

「クーは確かに人徳がありませんが、本当に気にしなくてもいいんですよ。人徳がなくても立派に生きてる人はたくさんいますから」

「…………そう」

「立派にかどうかはわかりませんが、とにかく生きてはいます」

「…………」

「どうしました？　何か、私悪いこと言いましたか？」

「……いや、なんでもない」

ちよに続いてコンビニに入り、無意味に棚を物色しながら、空々梨とヌル香はテレパシーでの会話を再開した。

（世界線混淆機《ワールドシャッフラー》を動かしたら、宇宙がかき乱されてめちゃめちゃになるって言ってたけど——）

（はい。そう言いました）

空々梨はおそるおそる訊ねた。

（——私、世界線混淆機《ワールドシャッフラー》を動かしたんだよね？）

（はい。あなた、つまりクー・クブリスは、凶暴な銀河列強種族に追われて絶体絶命のピンチに陥り、世界線混淆エンジンを大出力で作動させました。何が起きたと思います？）

咎めるような視線を向けて、ヌル香が逆に訊き返す。

（さ、さあ？）

（私とあなたを中心に、世界そのものが組み換わる宇宙規模の大変動が起こって、次の瞬間、私たちはこの姿になっていました。地球という星の、日本という国で、高校に通う、ごく普通の高校生——久遠空々梨と、非数値无香に）

頭が痛くなってきたのは、自分の理解力が足りないからだろうか。

（……わけがわからない）

（まあ、どうせ理解できるほどの頭もないでしょうから、適当に流せばいいんじゃないですか）

（今、私すごい暴言吐かれてるよね？）

（聞かなきゃわかんないんですか？）

とりつく島もない。空々梨はなんとか説明に着いていこうとしながら続けた。

（……じゃあ、つまり、その……今のこの世界は、そのときに――世界線混淆エンジンを私が起動した瞬間に生まれたってこと？）

（そうです。あなたのせいでね）

（……なんか怒ってる？）

（は？　別に？）

顔にバケツいっぱいの水をぶっかけられるような、冷たい思念が飛んできた。

混乱した頭で、空々梨はコンビニの外の風景に目を走らせる。

いつも通りの通学路。

空も、道路も、破れた選挙ポスターが並ぶ塀も、アスファルトのひび割れも、毎日通ってすっかり見慣れている。

何年もこの街で暮らしてきた記憶があるし、何もかも「いつも通り」に見える。

ごく普通の高校生としての記憶もちゃんとあるのに、これが――

（――これが、ついさっき生まれた世界？）

（ついさっき生まれて、そこから三日過去に遡ったので、三日後に生まれる世界とも言えますね）

（子供のころの記憶があるのはどうして？）

（世界線混淆機《ワールドシャッフラー》によってこの世界が生まれた瞬間、遡ってこの世界線の過去と記憶も作られたんですよ）

（じゃあ、これは作られた偽の記憶？）

（いいえ、まぎれもなく本物の記憶ですよ。この世界線のあなた、すなわち久遠空々梨が経験した過去は、本物です。あなたの従姉妹、非数値无香である私も、その記憶の一部を共有しています。小一のあなたがドブに落ちて鼻水垂らして泣き叫んでるところとか、小三で同じクラスの女子から惚れられてると思い込んで気を利かせたつもりで自分から〝デート〟に誘って困惑させたこととか、小四までおねしょしてたこととか、中一になって最初の自己紹介でイタいこと言ってダダすべりしたどころかクラス中にドン引きされて二学期まで友達一人もいなかったこととか……）

「わー！　わー!!」

思わず大声を出してしまった。

コンビニ中の視線を集めてしまって、空々梨は赤面する。

ヌル香はいつの間にかだいぶ離れた場所に立っている。他人のフリをしているようだ。

「ど、どうしたのくーちゃん。今度は何が爆発したの？」

小走りに寄ってきたちよが、声を潜めて訊ねる。

「い、いや……なんでもないから」

「ほんとにー……？」

「大丈夫。何にも爆発してない」

私の頭は爆発しそうだけど、と言いかけたが、なんとかこらえた。

結局、ちよは鮭のおにぎりと、紙パックのバナナ豆乳と、レジ前の揚げ物の中からアメリカンドッグを買って、意気揚々とコンビニを後にした。

学校に着くころには、そのいずれもなくなっていた。

4

時間割（一日目）

一時間目　国語　　　単語の性質と種類
二時間目　英語Ⅰ　　コミュニケーション英語
三時間目　体育　　　サッカー
四時間目　数学Ⅰ　　二次関数
五時間目　物理　　　電気と磁気
六時間目　現代社会　資源・エネルギー問題

あっという間に放課後になった。

学校に来てしまえば、いつも通りの授業を、いつも通りにこなすだけだ。

ちよは隣のクラス。ヌル香の席は空々梨の後ろだったが、授業の間は特にちょっかいを出してくるわけでもなく、黙々と、ごく普通に勉強しているようだった。

朝からのやりとりでぐったりしていた空々梨も、自分から話しかけたりはしなかったから、実に平和な学校生活を送ることができた。

しかし放課後になると、そうもいかなくなった。

「……ヌル香」

　呼びかけに面を上げたヌル香は、空々梨を見るなり眉をひそめた。

「何ですか、そのシケた顔は」

「え、何か変？」

「あからさまに気が進まなさそうな顔で話しかけないでください。傷つきます」

「私も朝から結構傷ついてると思うな……」

「そうですか。用は何です？」

「あのさ、放課後になって、だいたい部活に行くよね」

「はあ」

「私、何部に入ってたかわかる？」

「そんなの……」

　言いかけて、ヌル香は黙った。

　ヌル香が言葉に詰まるのは珍しい。空々梨の記憶の中のヌル香は、常に冷静で辛辣な、何か訊けばすぐに答えが返ってくるような人間だった。

「……知りません。おかしいですね。知ってていいはずなのに」

　不思議そう、というか不満そうにヌル香が言った。

「やっぱりそうなんだ」

「やっぱり、とは？」

「私、確かに部活に入ってたと思うんだけど――」

「え？　記憶があるなら、そこへ行けばいいじゃないですか」

「それが、その……私が入ってたの〈偵察部〉だったって記憶があるんだよね」

自分で言いながら空々梨は戸惑っていた。

「〈偵察部〉……？」

「何、〈偵察部〉って？　何する部活か見当も付かない。そういう名前の部活に入ってたって記憶だけあって、実態は全然憶えてない」

「ああ……なるほど。私はなんとなくわかりましたよ、クー」

「え？」

ヌル香はしたり顔で頷いている。

「わかったの？」

「わからないんですか？」

首を傾げる空々梨に呆れたような視線を投げて、ヌル香は言った。

「部室の場所は記憶にありますよね？　行ってみましょう」

〈偵察部〉の部室は、旧校舎三階の一番奥という僻地にあった。

グラウンドで練習する野球部の声や、吹奏楽部の音合わせが遠くから響いてくる廊下に立って、空々梨は部室扉の上に掲げられた〈偵察部〉の表示を見上げた。

「ここ?」

「そう書いてあるじゃないですか」

「ずいぶん年季が入ってるように見えるけど」

〈偵察部〉と書かれた紙が日に焼けて黄ばんでいるのを、空々梨は疑いの眼差しで眺めた。

「ぐずぐずしてないで、さっさと入りませんか?」

「うん……」

入る前には一応ノックしておいた。

「失礼しまーす……?」

慎重に扉を開けた途端、真っ正面から射し込む西日を受けて、空々梨は眩しさに目を細めた。

小さな部屋にあるのは、細長い会議テーブルと何脚かの折りたたみ椅子だけだ。

正面のテーブルに向かっていた人影が、顔を上げた。

ずいぶんと小柄だ。

光に慣れてきた目でよく見ると、それは小さな女の子だった。

この高校の制服をかっちりと着ているが、見かけはどう見ても小学生だ。

彼女のそばには、制服の上に白衣を羽織った眼鏡の少女が控えている。

妙に貫禄のある声で、小学生っぽい方が言った。

「――よく戻った、クー・クブリス。報告を聞こうか」

一瞬、空々梨は反応に迷って立ち尽くした。

目の前の女の子が発散する静かな威圧感は、このくらいの年齢の子供が持ち合わせていいものではなかった。

「君は……？」

「私だ。君の上司だ。この世界線での名前は、コードウェイナー菫《すみれ》」

女の子はそう名乗って、傍らに控える白衣の少女を手で示した。

「憶えがあるだろう。私の助手だ」

「お久しぶりだねー、クー・クブリス」

白衣の少女はやけに親しげに微笑むが、空々梨にはまったく心当たりがない。

「ご、ごめん、どこで会ったっけ？」

「別の世界線だよー。ここでの名前は、州谷州《すたにす》わふれむ」

「掛けたまえ」

うながされるまま、空々梨はパイプ椅子を一つ取って、上司を名乗る子供とテーブルを挟んで向かい合った。

ヌル香は立っていることを選んだようで、胡乱げな目つきで室内を見渡している。

「早速だが、クー。君を追ってシルクドッグが地球に降りている」

前置きなしで菫は話し始めた。

「シルクドッグの名は聞いたことがあるだろう。極めて優秀な暗殺者だ。ソルガナン・レイの鏖戦部隊《ハードフォート》出身の傭兵で、狙撃から近接格闘までこなし、K《キル》／D《デス》比は九九・九〇パーセント」

「一〇〇〇人殺す間に一度しか殺されていない実績だよ」

わふれむが補足した。

「地球軌道上には銀河列強種族の大艦隊が集結しつつあり、その数は増えるばかりだ。太陽系外縁でジャンプアウトした複数の船団が、星系内移動用の重水燃料を木星で補給しているため、土星から木星にかけて大渋滞が起こっている。補給が終わった船から地球へ向かっているから、地球近傍で小競り合いが起こるのは時間の問題だろう。到着した種族は先を争って先遣隊を地球上に降ろしてくる。シルクドッグはその先駆けで……」

「ちょ、ちょ、ちょっと」

空々梨は慌てて制止した。

「ちょっと待って。話についていけてない」

「何？」

「えーと、菫ちゃんだっけ？　上司？　私の？」

「ちゃん付けする必要はない、クー・クブリス。私はあらゆる世界線における〈偵察局〉の、君の直属の上司だ。この世界線では〈偵察部〉だから、『部長』と呼んでもいいが。どうした？　記憶に混乱があるのか？」

「ええと……その……私もまだよくわかってないんだけど」

「簡潔に」

「三日後に直径四〇〇キロの隕石が落ちてくる。それ以外は知らない。〈偵察局〉がなんなのかも全然わかってない」

「なんだと……？」

菫は椅子からぴょんと降り、机を下からくぐって空々梨の目の前にやってきた。

腰に手を当ててすっくと立った菫は、伸び上がって、空々梨の戸惑い顔を睨《ね》め上げた。

「……まさか、完全に記憶を失っているというのか？」

「そうみたいなんだよね」

「わふれむ！」

「はい、菫ちゃん」

「思い出させろ」

「はい、すぐに」

「それと、ちゃん付けはやめろ」

「気をつけます」

わふれむは白衣を翻して空々梨のそばに歩いてきた。

細くて白くて器用そうな手で、そっと空々梨の手を取る。

「え？」

「楽にしてて。失礼するね」

わふれむは空々梨の両手を椅子の背中に回した。

硬くて冷たいものが触れたかと思うと、ガチャリガチャリと金属が噛み合う音がして、手首がずっしりと重くなった。

「え？　何を……」

「しーっ。ちょっと拘束させてもらっただけだよ。初めてじゃないでしょー？」

反射的に戻そうとした手は動かなかった。手錠……？　いや、もっと重量がある、何か恐ろしげな装置で拘束されているようだ。

白衣の懐に手を入れて何かを探しながら、わふれむが目の前に戻ってきた。出てきた手には、見たことのない機械が握られていた。

回転鋸と歯医者の治療器具を掛け合わせたような外見をしていた。

わふれむが手元で何か操作すると、機械は回転鋸と歯医者の治療器具を掛け合わせたような音を立てて駆動し始めた。

「ちょっと待っててねー」

もう片方の手でスマートフォンをいじりながら、わふれむがにこやかに言った。

「な、何してんの？」

「あ、これー？　〈ライブラリ〉で検索してんの」

「〈ライブラリ〉？」

「憶えてないのー？　銀河列強種族のネットワークだよ。月額課金制。高《た》っかいんだけどね、ないと仕事できないからねー。特にこんな、未開の星のマイナーな種族の解剖をするときなんかは……」

「解剖!?」

うすうす勘付いてはいたが、可能性を認めたくなかった単語が出てきて、空々梨は一気に青ざめた。

「えーと、〝地球　人間　記憶喪失　治療　物理　頭部穿孔〟と。検索ぽちっ」

「あ、あの」

「出た出た。うーん、情報少ないなー。どこ情報だ？　レティクル座ゼータ人？」

わふれむはスマホを横倒しにして眼鏡越しににじろじろ眺めた。

「これ牛じゃないの？　まあいいか、音声ガイダンススタート」

《音声ガイダンスを開始します》

スマホが喋った。

《牛の頭蓋は、頭蓋骨と顔面骨に分かれています。物理的に脳にアプローチするために、まず顔面骨から鼻骨を取り除きます。図1を参照してください。——注意：図1のデータが壊れています。次に、鼻骨を取り外した穴から抽出プローブを挿入します。この際、大脳皮質を損壊させる危険が……》

「やっぱ牛じゃん。まあいいか、基本構造は同じっぽいし」

「よくない!!」

「はーい暴れないでくださいねー。すぐ終わりますからねー」

神経に障る甲高い音を立てて、機械が空々梨の顔面に向かって近づいてきた。

「あ、痛かったら声を上げてくれて構いませんからねー」

「やめろ! やめろー!!」

少しでも機械から遠ざかろうとのけぞった拍子に、見下ろすヌル香と目が合った。

空々梨の危機を、興味深そうに見つめていた。

「ヌル香!」

「はい?」

「た、助けて!」

「……まんざらでもないですね」

「はァ!?」

「私に向かって、そんな風になりふり構わず助けを求めるクー、嫌いじゃないです」

「何言ってんの!? いいから助けて! 早く!!」

少し残念そうな顔をして、ヌル香はパチンと指を鳴らした。

バシャッと音を立てて、手首を締め付けていた拘束がなくなった。

必死で頭を傾けて、わふれむの頭蓋穿孔機械をかわし、椅子から横ざまに倒れ込んだ。

「あれ！　どうして拘束が解けたの？　量子演算でも解くのに一〇〇万年はかかる暗号でロックしてたのに！」

驚くわふれむの元へと、外れた拘束具が床を歩いて戻っていく。金属製の凶悪なダンゴムシみたいに見える装置だった。

「ふふん。私の演算能力ならあの程度お茶の子さいさいですよ」

ヌル香が進み出て、空々梨の前に立ちはだかった。

何かに気付いたように、わふれむは眼鏡を直してまじまじとヌル香を見つめた。

「んん？　もしかして……〈ヌルポイント〉？」

「そうです。私こそ〈ヌルポイント〉。クー・クブリスの偵察船《レコシップ》です」

誇らしげに胸を張るヌル香。

なぜ最初から助けてくれないのか。

助けてくれと言わなかったら、どうなっていたのか。

床から立ち上がりながら、空々梨は理不尽な思いに囚われる。

「やっぱり！　ぬるぬるじゃん！　えー、どうしたの、そんな可愛くなっちゃってー」

嬉しそうにわふれむはヌル香の手を取った。

ヌル香はちらりと空々梨を振り返った。

「その呼び方はやめてほしいです」

「あ、ごめんね、ぬるぬる」

こほん、と咳払いしてヌル香は言った。

「とにかく……クーに無断で手を出すのはやめてもらいましょう」

「えー、だめ？」

「どうしても手を出したいなら、事前に相談してください」

「相談すればいいの？」

「条件次第ですね」

「おい！　ちょっと——」

さすがに突っ込もうとした空々梨だったが、黙って見ていた菫が口を開いたので、タイミングを逃して口をぱくぱくさせただけに終わった。

「〈ヌルポイント〉——クー・クブリスの船だな。おまえがついていて、この体たらくはどういうことだ？」

ヌル香は菫に向き直り、薄い笑みを浮かべた。

「お久しぶりです。以前の世界線でお会いしたときと比べて、格段に隠密行動が得意そうな形態になりましたね」

　菫が眉間に皺を寄せた。

「何が言いたい？」

「物理的サイズの変化について私見を述べたまでです」

「…………」

「全般的にガキっぽくなることで、社会的威信を失う代わりにより警戒されない外見を手に入れて……」

「クー。いい加減にこの狂ったＡＩを初期化したらどうだ？」

「まあまあ、ケンカはよそうよ、ぬるぬるも、菫ちゃんも」

　仲裁にかかったわふれむを、ヌル香と菫はキッと睨んだ。

「その呼び方はやめてください」

「ちゃん付けはやめろ」

「え？　あー、ごめん、気をつけるね」

　スマホをいじりながらそう言って、わふれむは空々梨の方を振り向いた。

「クー・クブリス、残念だけど、ぬるぬるはあなたの頭をいじらせたくないみたいだねー。あなたがぬるぬるに許可を出せば、続きができるんだけど、どうー？」

「絶っっ対に許可しないから、その物騒な機械をしまってほしい」

「そっかー」

頭蓋穿孔機はわふれむの懐に消えた。白衣のどこにそんなものをしまうスペースがあるのか、空々梨には見当も付かない。

「だそうです。どうしようね、菫ちゃん」

「ちゃん付けはやめろ。クー、おまえが記憶を失っているというのは問題を複雑にするぞ」

深刻な顔で言う菫に向かって、空々梨はしかめっ面で答える。

「私にとってはもうこれ以上ないほど複雑怪奇だよ。私は君らが誰かも、〈偵察局〉がどんなものなのかすら知らないんだ。星間諜報組織とか言ってたけど……」

「それじゃ、〈ライブラリ〉に説明してもらおっか」

わふれむはスマホを口に近づけた。

「〈ライブラリ〉、〈偵察局〉について簡潔に概要を説明して」

《〈偵察局〉についてのフルメディアガイダンスを開始します》

スマホが合成音声でそう言った次の瞬間、視界が真っ暗になった。

「わっ⁉」

真っ暗な空間の中に、空々梨とヌル香、菫とわふれむだけが立っている。

そして、壮大な音楽と共に、遠くの地平線から光り輝くタイトルが浮上してきた。

『〈偵察局〉その知られざる歴史 あるいはクー・クブリスは何度死んだか』

実写と見分けが付かない超高解像度3D映像が、部室の情景を上書きしているようだ。

深みのある声で、ナレーションが語り始めた。

《〈偵察局〉。銀河においてもっとも秘密主義で、もっとも効果的に暴力を行使する組織である。その発足は——》

「重要度Sで要約して」

無慈悲なわふれむのコマンドに、ナレーションは一瞬黙り、心なしか哀しそうに再開した。

《〈偵察局〉：独立星間諜報機関。超テクノロジーを持った異星種族同士の戦争は、惑星や恒星系、銀河全体、果ては時空構造そのものを巻き込む超絶破壊《ウルトラデストラクション》を引き起こす危険があるため、そうしたトラブルの芽を早期発見し、対処するための種族間組織として結成された。結成直後、初代局長が全種族からの独立を宣言、あらゆる政治的圧力から切り離されて独自に動く諜報組織となった。要約終わり》

壮大な星間戦争を描いたとおぼしい超高解像度3D映像がものすごい速度で早送りされ

て終了し、部室の光景が戻ってきた。

《補足：並行世界によって異なる組織形態の〈偵察局〉が存在する。この世界線においては〈偵察部〉がそれに当たる》

「どう？　思い出したー？」

わふれむが訊ねる。

「いや、なんにも……。私がそこのエージェントだったたって、ほんとに？」

「そうだ。それも極めて重要度の高い任務をこなしてきた、組織最高のエージェントだ」

菫は難しい顔で続けた。

「上司である私にも詳細を知らせずに、クー・クブリスはどこかへ探索に出かけていた。しばらくしてようやく連絡があったかと思うと、〝全宇宙を揺るがすものすごい大発見をした〟ということだった」

「私が？」

「私は〝またか〟と答えた。クー・クブリスが〝大発見〟とやらをするのは初めてではなかったし、その〝大発見〟が本当に大発見だったことは一度もなかったからだ」

「クーは早とちりや勇み足が多いですからね」

ヌル香がぼそりと言った。

「しかし、〝今度は違う〟とクー・クブリスは言った。〝今回は本当に、正真正銘の大発見だ。その発見のために追われている、これから追手を振り切って帰還する〟と――。〈ビッグ・シャッフル〉が起きたのは、その直後だ」

「〈ビッグ・シャッフル〉？」

「君が世界線混淆機《ワールドシャッフラー》を大出力で起動して、宇宙をぐちゃぐちゃにかき乱した事件のことだ！」

菫が空々梨を睨み付ける。

「私たちがこの姿になったのも、そのときです」

ヌル香が補足した。

「ともかく――こうして我々は、シャッフルされた世界線の上、地球などという聞いたこともないような田舎の星で過ごすハメになっているということだ」

苛立たしげな表情が菫の顔をよぎった。

「こんなちんちくりんな身体になってな」

「かわいいですよ」

すかさずわふれむがフォローした。

「何を……」

「かわいいです」

食いつくようにわふれむがフォローした。

フォローのタイミングが少し早すぎたし、熱意も少し籠もりすぎていた。

菫はちらりとわふれむを振り返り、不安そうな顔で目をそらした。

「と……とにかく、世界が今の形になっているのは、すべて君の行動が原因ということだ」

「あなたがこんな姿になったのも含めてですね」

口を挟んだヌル香をじろりと見て、菫は頷いた。

「私がこんな姿になったのも含めてだ」

「それは……何と言っていいか」

謝るべきなのかもしれないが、空々梨は何も憶えていないのだ。

「あ、私はむしろ感謝してるんだよー」

「わふれむ、黙れ」

「はい、菫ちゃん」

疲れたようにため息をついて、菫は続けた。

「クー・クブリス。早急に記憶を取り戻さないとますます厄介なことになるぞ。軌道上にいる列強種族の大艦隊は怒り狂っているが、君が世界線混淆機《ワールドシャッフラー》でやらかした宇宙規模の大混乱に対して怒っているのか、君が見つけた〝大発見〟とやらが原因なのか、それすら不明だ。三日後に隕石が降ってくると言っていたな。おそらくそれも列強種族の攻撃の一つに過ぎないだろう」

――あれが攻撃の一つにすぎないって？

空々梨は隕石落下時の絶望的な終末の情景を思い浮かべて身震いする。

あれだけでもどう対処したらいいかわからないのに、それ以上の何かが起こったらどうすればいいんだ？

「さらに言うなら、上司である私は、絶大な戦闘能力を持つ〈偵察局〉局員が、既知宇宙最高レベルの機密情報を頭の中に詰め込んだまま、記憶喪失でうろついている状況を放置するわけにはいかない」

冷たい口調で菫が言葉を連ねる。

「先ほどは君の意志を尊重して、記憶回復処置を先送りにしたが、猶予はないぞ。三日後に成果が見られない場合、強制的に君を解体して記憶を抽出する」

「クーに勝手なことはさせませんよ」

きっぱりとしたヌル香の態度に、空々梨は不意を突かれた。

「ヌル香……！」

「クーに勝手なことをするのは、クーの船である私の特権です！」

「……ヌル香……君さあ……」

「抵抗しても無駄だ、〈ヌルポイント〉。今のおまえは兵器を満載した偵察船《レコシップ》ではない。肉体はただの人間だ。望むなら、おまえもマスターと共に解体してやる」

菫とヌル香はどちらも引かずに睨み合う。

「……いいよ、わかった。三日後だね」

「クー」

振り返るヌル香に頷きかけて、空々梨は言った。

「どうせ三日後には隕石が落ちてくるんでしょ。それまでになんとか対処できなければ、どっちみち死ぬ。私の記憶で地球が助かる可能性があるなら、解体なりなんなり――」

「クー……」

「巻き込んでごめん、ヌル香。君はつきあう必要ないからね」

「は？　当たり前じゃないですか。解体されるならお一人でどうぞ」

「………」

梯子を外された空々梨に、菫が念を押すように言った。

「理解が得られて嬉しい。状況は定期的に報告しろ。進展がなければ処置を前倒しにする」

「わかったって」

空々梨は窓の外、西日に照らされたグラウンドの向こうに広がる街並みを見渡した。

――私がなんとかしないと、地球は滅ぶ。

「でも、どうすればいい？」

なかば呆然と呟く空々梨に向かって、菫は告げた。

「生き延びろ。それが〈偵察局〉局員に課せられた第一の義務だ」

――生き延びろ、か。

事態を収拾できなかったら殺すと言っている人物の口から出た言葉だという欠点に目をつぶれば、シンプルで気に入った。

「……それっぽくてかっこいいですけど、具体性に欠ける指示ですね」

ヌル香が最後に水を差して、話し合いはお開きとなった。

5

「三日……三日か」

廊下を歩きながら、空々梨は呟く。

「隕石、記憶喪失、シルクドッグとかいう暗殺者、軌道上の列強種族……」

対処しなければならないことは多く、時間は少ない。

私がなんとかする、的なことを言って出てきたものの、正直なところ、どこから手を付ければいいのか見当も付いていない。

「ヌル香、列強種族ってどういう奴らなの？」

「超テクノロジーで武装した、超強くて、超極悪非道な異星種族たちです」

ヌル香の説明はざっくりしていた。

「彼らにとってみれば惑星一つ、恒星一つを破壊するなど朝飯前です。一応、未開種族の現住惑星を無断で破壊してはいけないという協定がありますが、良心の呵責を覚えるような連中じゃないですし、破壊してから事故や正当防衛を主張して法廷闘争に持ち込めば数百年は保ちます。今この瞬間に地球が消滅してもおかしくはないですね」

「じゃあ、なんでやらないの？」

下駄箱で靴を履き替え、外に出る。

「あなたを殺すのではなく、あなたの持っている情報に興味があるからでしょうね」

「つまり、生け捕りにしたい？」

「間違いなく」

「でも、暗殺者も来てるって」

「連中も一枚岩じゃないですからね。他の種族に優位に立たれる前に、あなたを抹殺して問題そのものをなくしてしまおうと考える勢力がいてもおかしくありません」

空々梨は天を仰ぐ。まだ天頂は昼間の青を残しているが、空は端の方から徐々に暮れつつある。

日没までにはまだ間があるこの時間、空の色は青から黄色への美しいグラデーションだ。あの空に異星人の大艦隊がいると言われても、にわかには信じられない。

「本当にいるのかな」

「いますよ。今のところ、人間の可視スペクトルからは外れているので肉眼では見えませんが」

そう言うヌル香の視線は、人間には見えない何かを見つめる猫のように、蒼穹をあちらこちらとさまよっている。

「え、ヌル香には見えてる？」

「少しは。この身体不便ですね……あんまり拡張性がないです。次のバージョンアップはいつですか？」

「知らないよ、そんなこと聞かれても。設計した奴に訊いて」

空々梨の答えに、ヌル香がため息をついた。

「当事者意識が薄いですね。そんなだから役立たずなんですよ。失礼、言い過ぎました」

「謝れば済むと思ってる？」

ヌル香を睨みつけたが、意に介した様子もない。

「じゃあ訊くけど、そういうヌル香は何ができるの」

「正直たいしたことはできません。限られた帯域での電子戦とハッキングくらい——テレパシーでカバー可能な範囲のみですが。あとは〈ライブラリ〉へのアクセス権を持っていますので、解説役はできますよ。単体では物理的な戦闘能力はありません。偵察船《レコシップ》の身体があればよかったのですが、誰かさんのせいでこんな姿になってしまいましたからね」

空々梨は横を歩くヌル香の顔を見た。

「……やっぱり、なんか怒ってるよね？」

「怒ってませんよ」

「怒ってるでしょ」

「しつこいですね。強いて言うなら、私が——小さいけれど勇ましく、美しくて残酷な、命知らずの偵察船《レコシップ》〈ヌルポイント〉としてずっと生きてきた私が、なんでこんな無様な、有機体の筐体《ボディ》にされなきゃいけないのか、宇宙の不条理と悪意について思索を重ねているので、もしかするとその影響が出ているのかもしれませんね」

「……ご、ごめん」

「なぜ謝るんですか？　クーが何か悪いことをしたんですか？　そんなことないですよね。私も何も悪いことしてないと思うんですけどね。死んだ船が行くという暗礁地獄に堕ちた方がまだマシな目にあってますけどね。私みたいに素敵な船が辿るライフパスとしては、人間になるというのは考えられる限り最悪の運命だと思いますけど、仕方ないですよね」

「ごめんってば」

憶えていないのに、謎の罪悪感がどんどん募った。

「謝れば済むと思わないでくださいね。まあ、いいんです。世界線混淆機《ワールドシャッフラー》を作動させた結果がどうなるかは誰にもわかりません。こうなることは私にもクーにも予測できませんでした」

だからといって許しませんけどね、とヌル香は付け加えた。

校門でちよが待っていた。

「あっ、くーちゃん、ぬるちゃん」

てててっ、と駆け寄ってくる。

「え、待っててくれてたの？」

「遅いよー。早く帰ろ？　お腹空いちゃったよ」

「いつでもお腹空いてるよね、君」

「成長期だからしょうがないじゃん。いいから、いこいこ」

朝来た道を逆に辿って、三人は家へと向かった。

朝と同じコンビニで、ちよの買い食いに付き合い、棒付きのアイスを食べながら歩く。

これもまた、空々梨の記憶にある、「いつも通り」の日常だ。

ちよの他愛ない話——ネットで見つけた可愛い猫の動画とか、アニメ化された漫画だとか、近くにパンケーキ店ができたから行ってみたいとか、そういう話題に相槌を打ちながら歩いていると、クー・クブリスやら銀河列強種族やらの話との落差にくらくらする。

何かの間違いじゃないのか。

大がかりなドッキリに巻き込まれているとか。

あるいは気付かないうちに頭がおかしくなっていたとか。

しかし、残念ながら、そういうわけではなさそうだ。

例えば——行く手にきれいに穴が穿たれた電柱が見えてきた。

朝来るときに狙撃された場所だ。

「すごいねえ、これ」

ちよも足を止めて、しげしげと穴を眺めている。

コンクリートの電柱なのに、断面は鏡のように滑らかだ。ドッキリでこんなことをするのはかなり難しいだろう。もしかすると、超高圧の工業用ウォーターカッターなどを使えば似たようなことはできるかもしれないが……。

そんなことを考えていた空々梨の脳裏に、唐突にきな臭さが爆発した。

——朝と同じ感覚だ！

ちよがふと顔を上げた。

「あれ？　何か変な音が——わっ⁉」

視界の端に動きを認めたと同時に、身体が反射的に動いていた。

びっくりした顔のちよに飛びつき、頭を打たないようにして、瞬時に押し倒す。

自分でもそんなことができるとは思えないほどの早業だった。

（ヌル香、逃げて！）

（わかってます）

一瞬の念話で意思を伝達しつつ、ちよを自分の身体で覆い隠しながら、状況を確認する。

さっきまでちよが立っていた場所に、バスケットボールくらいの大きさの白い球体が浮かんでいた。光沢のある金属ともプラスチックともつかない素材で、内部からは不穏な振動音が響いていた。赤い単眼が空々梨を捉え、瞬きしたかと思うと、落胆したような小さなため息が聞こえた。

《……もっと生きたかった》

球体が呟き、観念したかのように目を閉じると、不穏な振動音が大きくなった。

なんだかわからないがヤバい！　そう感じて身を固くした次の瞬間、スマホを見ながら車を運転してきた大学生くらいの若い男が、前方不注意で球体に接触した。

ガボン！

こもった破裂音がしたと同時に、車の前輪、ボンネット、フロントガラス、ダッシュボードが、抉られたように消え失せた。

白い球体と、球体を中心とした直径三メートルほどの空間にあったあらゆるものと一緒に。

真空状態になった空間にどっと風が流れ込む。

風が収まってから、空々梨はそろそろと顔を上げた。

「く、くー……ちゃん？」

身体の下からおずおずと声が上がった。

「怪我はない？」

「え……だ、大丈夫だけど、何があったの？」

覆い被さっていた空々梨が身を起こすと、ちよも路上に身体を起こして、半球形に消滅した道路を目にした。

「わ、わ、どうしたの、これ？」

車体前部が消滅した車が、突然路上に出現した穴に突っ込んでいた。

残りの部分はアスファルトの路面ごと、くりぬかれたように消失していた。

宙に浮いた後輪が、からからと虚しく回っている。

「何だよこれ!?　どうなってんだよ!?」

車の中からパニックに陥った声が聞こえてくるから、運転手は死を免れたようだ。

（スマート爆弾ですね。ブービートラップです）

振り返ると、ヌル香は十メートルも後方にいて、電柱の影から顔を出していた。

「いつの間にそんなとこまで行ってたの？」

「私を押し倒して守ってくれる人がいませんでしたからね」

皮肉を飛ばしながら、ヌル香は辺りに目を配りながら歩み寄ってくる。

「くーちゃん、何これ、何があったの？」

ちよは穴の縁から、地中に埋められたケーブルや管の断面を見下ろしている。

「……交通事故だよ」

「えっ……これが？」

「スマホ見ながら車を運転してた人がいて、ぶつかりそうだったから、咄嗟に……」

空々梨は語尾を濁して、曖昧なジェスチャーをした。ちよはもう一度事故現場をまじまじと見た。

「この穴は？」

「スマホが爆発したんじゃないかな」

（もうヤケですね、クー）

（うるさい）

ちよが立ち上がって、ふらついた。

「だ、大丈夫？」

「よくわかんないけど、その……助けて、くれたんだよね」

そう呟くちよの顔は上気して赤かった。

胸の前でぎゅっと手を握って、視線もそわそわと落ち着かない。

「ありがと、くーちゃん」

「ああ、うん」

「はー、まだドキドキしてるよ……」

「ゆっくり深呼吸するといいですよ、ちよ」

「うん、ありがと、ぬるちゃん」

ちよは素直に頷いて、はあーっと長く息をついた。


ちよの自宅の前で、三人は立ち止まった。

ちよはなんだかぽーっとして挙動不審だ。

腹でも痛いみたいにうつむいているかと思えば、猫みたいにどこかあらぬ方向に視線をさまよわせて、照れたように一人で笑い、また真顔になったりする。

いつもここで手を振って別れるのだが、今日のちよは、変な沈黙の後、不意に顔を上げて、目を合わせないまま口を開いた。

「えっと、くーちゃん、今日は……」

間があってから続けた。

「……その、ありがと。また明日ね」

「うん。また明日」

ひらひら手を振って、ちよは家の中に消えた。

「……大丈夫かな、ちよ」

「怪我はなかったし、大丈夫でしょう。多少動転していましたが」

「うん……」

怪我がなくて、本当によかった。

今さらだが、ちよが巻き込まれて死んだりしていたらと思うと、心の底から怖くなった。

空々梨は踵を返して、歩き始めた。ヌル香もついてくる。

「あれもシルクドッグとかいう奴の仕掛けた罠？」

「おそらく。仕掛けた本人も、罠が発動してびっくりしてるんじゃないでしょうか」

「え、なんで？」

きょとんとする空々梨に呆れたような目を向けて、ヌル香は辛辣な口調で答える。

「狙撃された日に、行きと帰りで同じ道を通るとか、あり得ないです。あまりに不用心すぎて、誘い受けの臭いがぷんぷん。私が暗殺者だったら逆に警戒しますね。一応、保険の意味でトラップを仕掛けておいたのでしょうが、あまり意味があるとは思っていなかったんじゃないですかね」

「危ないと思ってたんなら教えてよ！」

「まさか、そんな間抜けなことをするはずがないと思っていたので。私の認識が甘かったですね。今後はクーの知性への評価を下方修正しますので、お許しください」

空々梨の抗議を、ヌル香は涼しい顔で受け流した。

「……スマホ運転の人は気の毒だったな」

空々梨が呟くと、ヌル香は頷いた。

「そうですね。実際、スマホを見ながら運転した際の衝突事故の確率は有意に上昇することが確認されています」

「…………」

「あのスマート爆弾も、もう少し生きていたかったと思いますよ」

「……え？」

「可哀想でしたね。あなたがもう少し慎重に行動していれば、あの爆弾もまだ元気だったはずなのに」

「え？　あれ生きてたの？　え、でも、機械だよね？」

「機械が生きてないなんて、いつどこで教わったんです？」

眉をひそめてヌル香が訊き返した。

空々梨の通学路に仕掛けられていたスマート爆弾は、一二五代続く一族の跡取りだった。彼の出身惑星は資源的に貧しく、一族は、炭素系生命の身体から蒸発する水分に反応して空間を縮退させるある種のエキゾチック物質を体内に取り込むことで、自らスマート爆弾と化して生計を立てていた。

一二五代目の彼も、若くして出稼ぎに出た。いつ爆発するかわからない不安を抱えて、銀河系各地の戦場を渡り歩く辛い日々を支えたのは、実家で仕送りを待っている幼い弟や妹たちの記憶だった。退役したら、故郷に帰ろう。帰ったら結婚して、かわいい一二六代目を作るのだ。そう思っていたが、現実は厳しかった。

爆発する最後の瞬間、彼の脳裏には懐かしい故郷と、兄ちゃん、兄ちゃんと駆け寄ってくる弟や妹の姿が鮮明に浮かんでいた。

実家にはまとまった額の遺族年金が振り込まれる。それがせめてもの救いだろう。

「本当にかわいそうでした」

「……今作った話だよね？」

　不安顔の空々梨には答えずに、ヌル香はうっすら微笑んだ。

「なんとか言ってよ」

「…………」

「ねえ、ぬるぬる」

「やめてください、その呼び方」

　ヌル香は顔をしかめた。

「ヌル香。あのさ、こういうことって前にもあったのかな」

「こういうことって、何がです？」

「誰かに狙撃されるとか、罠を仕掛けられるとか」

「それはもう、数え切れないほど」

「そんなにかぁ……」

「正確にはちゃんと記録があるので数えられますが、面倒なので」

　空々梨は肩越しにちよの家の方を振り返る。

　暗殺者という言葉があまりに浮世離れしていて現実感がなかったが、こうして親しい人間に危険が及ぶと、さすがに危機感が大きくなった。

　いざとなったら自分が死ねば……などという考えが、ひどく浅はかに思えてきた。

「ねえ、ヌル香。かつての私は、こんなときどうしてた？」

「かつての？」

「クー・クブリスだったときの私。誰かに狙われて、どうにかしなきゃいけないとき、私はどうしてたの？」

「武器を作っていましたね。ＤＩＹで」

「ＤＩＹ？」

「**Do it yourself**」

すごくいい発音でヌル香が言った。

「翻訳すると、自作……」

「それくらい翻訳してもらわなくてもわかるよ」

「そうですか？」

「なんでびっくり顔なのよ？」

「理由の説明が必要ですか？」

「いや、いい」

言い争っていてもヌル香のペースになるだけだ。

「ヌル香。今の私でも武器を作れるかな」

「ものにもよると思いますが」

「作り方、教えてもらえない？　私は記憶がないから——」

「いいですよ、もちろん」

ヌル香はあっさり頷いた。

「それじゃ、買い物に行きましょう」

「買い物？」

「何を作るにしても、材料が必要ですから。今の私たちにコルヌコピア・マシンはないので」

「こるぬ……なに？」

「なんでも出てくる道具ですよ。自作できないこともないんですが、ちょっと元素レベルで時空をアレするための工具が必要なので、やめておきましょう。無理矢理作ろうとして惑星が一つ壊滅した事例があります。それでもやると言うなら——」

「やめとく」

「そうですか。では、行きましょう。何を作りましょうかね。プラズマカッター……超振動ブレード……パルスライフル……ガトリングレールガン……電磁アーバレスト……」

物騒な単語を呟きながらも、ヌル香は少し楽しそうだった。

6

買い物は予想よりも長引いた。

材料として要求された品目が多く、かつさまざまな分野に渡っていたため、何店も回らなければならなかったからだ。

ホームセンター。コンビニ。手芸店。書店。同人誌ショップ。リサイクル家具屋。瀬戸物屋。大手家電量販店。民芸品店。

「ふう、こんなもんでいいでしょう」

駅ナカの菓子屋で色とりどりのマカロンを買って、ようやく材料は全部揃ったようだった。

「や、やっとか……」

とっぷり日が暮れた街で、大量の荷物をぶら下げた空々梨は、早くもへばりかけていた。

「これでほんとに武器なんか作れるの?」

「はい」

「マカロンなんか何に使うんだか」

「後のお楽しみです」

無表情ながらも明らかに機嫌良く、ヌル香は空々梨の先に立って歩いていく。

「つ、次はどこ行くの？」

「どこか落ち着けるところに入って、武器を組み立てましょう。あそこが快適そうですね」

二人はチェーンのコワーキングスペースに入って、奥の席を占領した。

小じゃれた雰囲気の店内では、決まったオフィスを持たない小じゃれた客が小じゃれたノートパソコンや小じゃれたタブレットPCを開いて、飲み放題のコーヒーを飲んだり、オンラインミーティングをしたり、音高くキーボードを叩いて仕事に励んだりしている。

入店料を払ったら、空々梨の財布はすっからかんになってしまった。

四人掛けのテーブルの上に、買ってきたものを並べていく。

「LANケーブルに、フードプロセッサーに、同人シューティングゲームのCD-R、システマの教本、何年か前の電話帳、VTuberのアクリルフィギュア、布とメジャーとレースのカーテン、裁ちばさみ、裁縫セット、ハンダゴテ、アクリル絵の具、ネックレスとイヤリング、単一電池、電子辞書、バール、紙ヤスリ、紙コップ、割り箸、テグス、ダクトテープ、輪ゴム、マッチ、耐熱皿、子供用のミシン、軍手、マカロン、アフリカの仮面、傘……」

並べてみてもさっぱり共通点がないし、完成形も見えてこない。

「……何作るの、これで？」

「携帯可能な即席武器を作ってもらおうと思います。私の言う通りにしてください」

「わ、わかった」

「まず軍手に裁ちばさみで切り込みを入れます」

「どう切ればいいの？」

「こうです、こう」

「こう？」

「違う、そうじゃない……ああ、まあ、それでもいいです」

「右手終わったけど、もう片方も同じ？」

「左手は要りません。捨てていいです。次はミシンを箱から出してください。ここは小じゃれたコワーキングスペースなので電源を使わせてもらえます。プラグをコンセントに刺して電源を入れてください。準備している間に、私はLANケーブルをほぐしておきます」

空々梨はヌル香の指示に従って、次々と材料を加工していった。

小じゃれたコワーキングスペースに子供用ミシンの音が響き渡り、ハンダの臭いが立ち昇ると、周りの客の視線がさすがに気になってきた。

フードプロセッサーで電話帳を裁断していると、あちこちからスマホのカメラのシャッター音が聞こえてきた。

「ヌル香、これ絶対ネットに晒されるよ。めちゃくちゃマナーの悪い客だよ私たち」

「地球の危機とネットに晒されるのとどっちが嫌ですか？」

「どちらかというと、その二つしか選択肢がないのが嫌かな」

「お客様、すみませんが他のお客様のご迷惑になりますので」

黒縁の眼鏡をかけたかわいい店員が、声を潜めて、しかし断固として注意に来た。

「すみませんすみません。ほんとすみません。もうすぐ終わりますから」

「しかし、お客様……」

「店員さん」

ヌル香が静かな声で言った。

「大勢の命がかかってるので」

「えっ……」

有無を言わさぬ口調だった。

「かかってるので」

有無を言わさぬ口調で繰り返した。

「かかってるのですか……？」

少し自信を失ったように、店員は訊ねた。

「かかってるのです」

ヌル香は確信を込めて、重々しく頷いた。

「わ、わかりました」

店員は自信をなくして、テーブルから一歩、二歩と遠ざかった。

「でも、なるべく静かにお願いしますね……」

「わかりました。あ、それと」

「はい？」

「電子機器を持っていたら、電源を切っておくことをお勧めします」

自信をなくした黒縁眼鏡の店員は、頭の上に疑問符をいっぱい浮かべて戻っていった。

受付カウンターに戻った後、店員はしばらく空々梨とヌル香のテーブルを見つめていた

が、やがて自分のスマホを取り出して、電源を切った。

ヌル香の指示通りにわけのわからない作業をこなしていた空々梨は、ある時点で奇妙なことに気付いた。

「あれ……？　なんだこれ？」

「どうしました？」

「手が……動く」

「動いてますね。見ればわかります」

「いや、そうじゃなくて……勝手に手が動くんだ」

空々梨は戸惑っていた。

自分が何をやっているのかさっぱりわからないのに、手が勝手に動いて作業をこなしていくのだ。制御が効かなくなったわけではない。止めようと思えば手は止まる。だが、一旦好きなようにさせると、何をやっているのか完全に理解しているように動きだし、手早く正確に作業を進めていくのだ。

「前にもやったことがあるみたいだ」

「前にもやったことがあるんですよ」

ヌル香は空々梨を見もせずに言った。

「あなたの頼りない脳みそは忘れてても、身体はちゃんと憶えてるんです」

耐熱皿を小さく割ってタイル状に加工する。テグスで編んだ網にほぐしたケーブルを配線する。裁断した布にレースのカーテンから切り取ったフリルをつける。相変わらず何をやっているのかさっぱりだが、空々梨の手は確信を持って作業を続けていった。

やがて、自然に手は止まった。

テーブルの上に載っているのは——

「……何だこれ？」

何だかよくわからないものが載っていた。

「完成したんだよね？」

「はい」

「何これ？」

「斥力《せきりょく》ガントレットです」

「斥力ガントレット？」

「はい。今手に入る材料で作れる中では、かなり強力な武器ですよ」

「これが……？」

空々梨は胡乱な目でその物体を眺めた。

どうも間に合わせ感が漂うそれは、全体としては西洋甲冑の籠手に似ていた。元が軍手だったとは思えないほど変わり果てているが、一応手に装着するものだということはわかる。

薄いタイルの装甲の上をケーブルやテグスが這い回り、剝き出しの電子回路を光点が行き交っている。拳の部分は、殴られたら痛そうなパーツがゴテゴテと突き出ているが、殴ったら殴ったであっという間に分解しそうだ。

「どう使うの？」

わけのわからないことを訊かれた、という表情でヌル香は空々梨を見返した。

「武器なんですから装備して殴ればいいでしょうが」

「じゃあ、こっちは何？」

斥力ガントレットの隣にあるものを空々梨は指差した。

上品な色合いの布地にキュートなフリル。コルセットのようにウエストの締まった裁断。折りたたまれたそれは、どう見ても女性用のショートドレスのように見えた。

おまけのように、鎖のついた懐中時計サイズの丸い機械が付属している。よく見ると時計ではなく、羅針盤と六分儀が組み合わさったような奇妙な形をしていた。細い針が何本も回転しているが、時間を指しているようには見えない。

「これ何？」

「女性用のショートドレス以外の何に見えるんです？」

そう言いながらヌル香はショートドレスを取り上げると、広げてじっくり眺めた。

「こんな服が欲しかったんです。ありがとうございます、クー」

「え？　え？」

「感謝が足りませんか？　ありがとうございます、お嬢様、も付けましょうか？」

「いや、そういう問題じゃなくて……必要なの、これ？」

「ええ。オフ会に来ていく服がなかったので」

「オフ会？？？」

ぽかんとしている空々梨を尻目に、ヌル香はさっさとショートドレスを畳んでしまい込んだ。

作業途中で、まったく異なる二つの物を作っていることには気づいていたのだが。

布地を縫い合わせたり、細かいフリルを付けたりしていたのは、どうやら武器とはまったく関係なかったらしい。

「その懐中時計みたいなやつは？」

「世界線混淆エンジン用のヌルイコライザーです。計器ですね。なくてもよいのですが、あると少し細かい調整が利くので、この際ですから一緒に作りました」

ヌルイコライザーを手に取るヌル香は、なんとなく嬉しそうに見えた。

「ふーん……まあ、服のことはいいや。でも、この……斥力ガントレットだっけ？　見るからに間に合わせっぽいんだけど」

「そりゃ、即席武器ですからね」

「服の方も即席で作ったはずだけど、気合が違い過ぎない？」

夏休みの工作レベルとまでは言わないが、素人の「作ってみた」動画みたいなクオリティだ。こんなものが本当に役に立つのかと思いながら右手にはめてみると……意外にもぴったりとフィットする。

拳を握ると、キュイーン、と甲高い音が鳴り響き、回路を駆け巡る光の流れが活発化した。

ズゥゥム……と低い音がして、斥力ガントレットから青白い光の波が広がった。

波が一瞬で店内を洗い尽くすと、天井の照明、無料で飲み放題のコーヒーメーカー、そして店内のすべての電子機器の電源がぷつりと切れて、唐突に暗闇が訪れた。

すべてのテーブルから、一斉に悲鳴が上がった。

空々梨は泡を食って立ち上がる。

「な、なに今の⁉」

「起動時に電磁パルス《EMP》が発生するので、地球上で使うのはちょっと危険なんですよね」

「先に言ってよ‼」

店内には、小じゃれたノートパソコンや小じゃれたタブレットPCが突然強制終了した人々の嘆きの声があふれていた。電磁パルスで回路が焼き切れたのか、焦げた臭いも漂ってくる。

「どうすんのよ！　かわいそうじゃんあの人たち！」

「いい薬ですよ。技術《テック》レベルも低い後進惑星のくせに、いい気になって……」

「ヌル香さん⁉」

「はっ。すみません、つい本音が」

「と、とにかく出よう！　帰ろう！」

うろたえた空々梨は、テーブル上に散らばった材料の残骸をかき集めると、暗い店内であちこちにぶつかりながら、ヌル香の手を引いて逃げ出した。

出入り口の自動ドアも電源が切れていたので、無理やりこじ開けて外に出た。

「なんで先に言わないの⁉　教えてくれたら店内で起動したりしなかったのに――」

少なからず腹を立てて口にした言葉は、そこで途切れた。

店の外に、変なものがいた。

人間とも、四足歩行の肉食獣ともつかない、白いモヤのようなものが、EMPの巻き添えで消えた街灯の下にわだかまっていた。

よく見ると、モヤにはあちこちノイズが走っていた。デジタル放送のブロックノイズのようだ。それがなければ、本当にただぼんやりした霞のようにしか見えなかっただろう。

モヤが一瞬消えて、夜闇に白くシルエットが浮かび上がった。路上に片膝を着いてうずくまっている、人間型の生き物のようだ。身体にぴったりしたプロテクターを身につけ、頭部は角張ったヘルメットで完全に覆われている。プロテクターの背中と腰には細長い棒状の道具が見えた。鞘に収まった刀のような形状だ。手首や足首にも、刃物や銃器とおぼしいものがいくつも装備されている。

遠未来のテクノロジーで武装した忍者のような外見だった。

のっぺりしたヘルメットに覆われた頭部が持ち上がり、空々梨に向けられた。

装甲の中から鋭い視線が突き刺さるのを感じた直後、シルエットを再びモヤが覆った。

次に瞬きしたときには、白い影は跡形もなく消えていた。

しかし、空々梨は動けなかった。

一瞬だけ向けられた身も凍るような殺気が、空々梨をその場に縫い留めていた。

「……い、今のは……？」

「シルクドッグ……ですね、多分」

ヌル香の声にも緊張が残っているのを感じて、改めて震えが来た。

この世に実体化した死神と遭遇したような気分だった。

「ヤバいね、あれ」

「はい」

「なんで殺されなかったんだろう？」

「推測ですが、何か不具合が生じたんだと思いますよ。武器とか、装備とかに」

「不具合？」

「例えば、電子機器がＥＭＰでぶっ飛んだとか」

空々梨はヌル香を振り返った。

夜闇でも隠しきれないほど、得意げな顔をしているのが腹立たしかった。

「………………」

言ってやりたいことは色々あったが、結局何も言わずに、空々梨は背を向けた。

「……帰ろうか」

「そうしましょう」

夜道を歩きながら、空々梨は不安に駆られていた。

過去に戻ってから、もう一日が過ぎようとしている。

「ねえ。こんな調子で大丈夫なのかな。もうすぐ隕石が落ちてくるのに、今日もなんとなく学校に行って授業を受けちゃったし、夜になったら帰って寝るのが当たり前に思える」

「私たち高校生ですし、当然ではないでしょうか」

他人事のようにヌル香が答えた。

「私たち、隕石をなんとかするために、学校もサボって、徹夜で駆け回るべきなんじゃない？」

「そうしたければ止めはしませんが、私は寝ますよ」

「ほんとにそれでいいの？　危機感なさすぎじゃない？」

「危機感があろうがなかろうが、隕石は落ちます。無駄に夜の街を駆け回りたければ、まあ、ご自由に。ある種の充足感は得られるかもしれませんね」

そう言ってヌル香は口に手を当ててあくびをした。

「……はふ。私はどちらかというと、睡眠欲を充足させたいです」

そんな会話を交わしながら帰ってくると、家の中に明かりが付いている。

朝出るときに消し忘れたかな、と思う間もなく、家の中からぱたぱたと足音が近づいてきた。

——え？　誰かいる？

「お帰り、お姉ちゃんっ！」

そう言いながら玄関を開けて空々梨を出迎えたのは、中学生くらいの少女だった。

「遅かったね！　もうご飯食べちゃった？」

明るい青のツインテールが、頭の両脇でぴょんぴょん跳ねる。

「い、いや……食べてないけど」

「じゃ、すぐに用意するね！　座って待ってて！」

少女は元気よくリビングに戻っていく。

家に上がり、少女の後を追いながら、空々梨はようやく腑に落ちた。

「そうか……この世界線では、私に妹がいるんだ」

「いえ、いませんよ？」

ヌル香が言った。

「えっ？」

「あなたに妹なんかいませんよ？」

「……じゃあ、あれは何？」

「さあ？」

まじまじと見つめていると、少女は不思議そうに振り返った。

「どうしたの、お姉ちゃん？」

「き、君、誰？」

「へ？　何言ってるの？　お姉ちゃんの妹じゃない」

「名前は？」

「え？」

「名前は？」

不意に、少女は哀しそうな顔になった。

目に涙をたたえた、見る者の胸を締めつけるような切ない顔だった。

「お、お姉ちゃん、妹の名前も忘れちゃったの？」

「いや、私に妹はいない。誰、君？」

「ひどいよ……お姉ちゃん」

すん、と鼻を鳴らして少女はうつむいた。

「ひどいよ……ひどすぎるよ……」

ズン！　と音を立てて床が揺れた。

少女のツインテールが一瞬にして伸びて、床に突き刺さった音だった。

「そんなこと言うなんて、許さないよ！　お姉ちゃん！」

「な、なに⁉」

床に刺さったツインテールは、関節のある外骨格の脚に変形した。折りたたまれていた脚が伸び、あっけにとられる空々梨の前で、少女の身体が床から高々と持ち上がった。

「ああ、これは」

ヌル香がうんざりした声で言った。

「乙女座ザヴィザヴァ星系の、妹型生物です。外骨格を持つ雑食性の生き物で、他の種族の妹に擬態することで獲物を油断させて捕らえる習性があります」

「なんでそんなもんが家に上がり込んでるの⁉」

「こいつは猟犬です。誰かを捕らえるために、列強種族によく飼われていて――」

ツインテール――いや、先の尖った二本の脚でガシガシと床に穴を開けながら、妹型生物が近づいてきた。人型の部分はそのままの形を保っているので、頭部に生えた二本の脚の間から少女がぶら下がっている恰好だ。

「悪いお姉ちゃんには、おしおき、えいっ」

いたずらっぽく笑った妹型生物が両手を開いてこちらに向けた。

その手のひらから発射された怪光線が、空々梨とヌル香を撃った。

全身の力が抜ける。意識が遠のく……。

抵抗することもできずに、二人は気を失ってその場に倒れ込んだ。


宇宙にはいくつかの力がある。

重力。

電磁気力。

強い力。

弱い力。

すべての物理法則は、この四つの力によって起こる。

この他に、まだ知られていない第五の力があるのではないかという説もあり、愛の力と暴力が最も有力な候補とされている。

愛の力学派と暴力学派はあまり仲が良くない。この二つの派閥に属する物理学者が出遭うとだいたい殴り合いになるので、その事実をもって、この宇宙では暴力の方が支配的だと主張する者もいる。その一方で、愛は暴力であり、暴力もまた愛の一つの形だとして、愛と暴力の統一理論を唱える学者もいる。

妹型生物の放った怪光線は、これらのどれとも違う、マイナーな力によるものだった。

それは「妹《いも》の力」と呼ばれ、女性の霊的なパワーを司っている。

この力を研究した柳田國男《やなぎたくにお》は、銀河系で物理学者として名を知られている数少ない地球人だ。

宇宙ではマイナーなはずの妹の力だが、ライトノベル、マンガ、アニメ、ノベルゲームなどに多く含まれているため地球ではよく観測される。これほどの妹の力が観測できるのは、既知宇宙では地球とザヴィザヴァだけだ。


朦朧とした意識のまま、空々梨は自分がどこかへ運ばれていくのを感じていた。

妹型生物の歌う、のんきな鼻歌が聞こえる。

空々梨とヌル香を軽々と担いだまま、外を歩いているようだ。

やがて、二人の身体は寝椅子のようなものの上に降ろされ、何本ものベルトで固定された。

ごそごそした音と電子音がしばらく続き、不意に身体の下から突き上げる震動が来た。

高速で上昇するエレベータに乗っているような感覚。

動かない身体を必死に動かし、なんとか頭をねじ曲げた。

頭の横の丸窓から、どんどん遠ざかりつつある地上の夜景が見えた。

気を失っていた方がマシだと思ったので、空々梨は気を失うことにした。


「はあ……」

窓枠にもたれて、ちよは切ないため息をついた。

帰宅して以来ずっと、自分の部屋で、今日の帰りの出来事を何度も思い返していたのだ。

「くーちゃん……うー、なんだよいきなり、あんなの……!」

腕に顔を埋めてじたばたする。

押し倒されたときのドキドキが、まだ治まらない。

ちよは幼なじみの空々梨が好きだった。

大好きだった。

もともと空々梨とちよは、小さいころから、ずっと仲がいい友達だ。

友達――そう、それでいいと思っていた。

ずいぶん早いうちから淡い恋心を抱いてはいたが、毎日顔を合わせて一緒にいられるのだから、わざわざ関係を壊すことはない。

ずっとそう思っていたのだ。

しかし——

「あんなかっこいいことされたら、もうだめだよ……ずるすぎる……」

何が何だかわからないまま、いきなり抱きすくめられて、気がついたら路上に押し倒されていた。

交通事故（？）は怖かったが、空々梨が身を挺して自分を助けてくれたことに気付いて、それどころではなくなった。

まだ幼いころ、いじめっ子や怖い犬に怯える自分を、空々梨が何度も助けてくれたことを思い出してしまう。

そもそも、最初はそれで好きになったのだ。

空々梨はいつも、身の危険も顧みず、自分を守ろうと立ちはだかってくれた。

ちよをかばってドブに突き落とされたり、わざとおどけて笑い者になったり、何度も痛い目に遭っているのに、嫌な顔ひとつせず、何度も何度も守ってくれた。

そんな空々梨を、ヌル香がいつも、呆れたような、誇らしいような表情で見ていたものだった。

顔が熱い。まともに空々梨のことが考えられない。

窓を開けて外の風に当たっているのに、頭の上にぽっぽっと雲ができているような気分だ。

「こんなんじゃ明日からまともに顔見られないじゃん……どうしよう……」

窓枠の上で組んだ腕に突っ伏して、ちよは呟く。

——告白する？

「いやいやいやいや」

ぶんぶんと頭を振る。

まさかそんな。

でも、もう、一旦意識してしまうと、ドキドキしすぎておかしくなりそうだ。

身体の奥がきゅーっと切ない。

ぽっかり穴が空いてるみたいに。

「あーもうっ。どうすればいいんだよー」

やけくそ気味に叫んだそのとき。

外が明るくなった。

顔を上げたちよの目が驚きにまん丸くなった。

「流れ……星……？」

そう、それは流れ星に見えなくもなかった。

地上から空へ打ち上がる流れ星というものがあるなら、確かに流れ星かもしれなかった。

バリバリと燃焼音を立てながら、長く炎の尾を曳いて、「流れ星」は見る見るうちに高度を上げ、夜空へ向かって小さくなっていった。

ちよは目を瞬き、はっと気付いて、祈りを捧げるように両手を組んだ。

少しためらった後、意を決して願い事を口にした。

「明日告白する！　明日くーちゃんに告白する！　明日くーちゃんに告白、するぞーっ！」

流れ星が目視できている間に三回願い事を唱えると成就するという信仰に基づいたそれは、願い事というより決意表明だったが、三回言い切ったちよの顔には、やりとげた女の表情が浮かんでいた。

「ふふっ……言ってやった。言ってやったもんね」

願い事を三回言った後も「流れ星」は消えなかった。

「流れ星」が空々梨の家の方角から昇っていったことも合わせて、ちよはとても縁起のいいものを見たような気がしていた。

それが軌道上へと帰還する異星種族の着陸船《ドロップシップ》であり、船内に空々梨とヌル香が囚われているなどということは、ちよの想像が及ぶところではなかった。

「はー。そう決めちゃうと、ちょっと気が楽になるなあ」

ぐー。気が楽になったと同時に、お腹が鳴った。

「それにしてもお腹空いたなあ。帰ってから何も食べてないや。もうすぐ晩ご飯だけど……」

誰が見ているわけでもないのに、ちよはきょろきょろと周りを見回した。

「ちょっとくらいなら、いいかなあ……」

自分をごまかすように言いながら、ちよは椅子に手を伸ばした。

第二章

1

ユニバーサルデザイン、という言葉がある。

「すべての人のためのデザイン」という意味だ。

どこの国の人でも、生まれた年が違っても、能力に差があっても、理解できるデザイン。

多種多彩な種族が集う銀河では、とても重要な概念だ。

「……何の話?」

空々梨は弱々しく訊いた。

隣からヌル香の答えが返ってくる。

「この部屋、見事なユニバーサルデザインだなと思いまして」

「あー。うん。そうね」

空々梨は力なく肯定した。

意識を取り戻した空々梨は、自分が拷問部屋にいることを一瞬で理解していた。

殺風景な部屋の中、拘束されていて、壁際の棚にはたくさんの痛そうな道具が並んでいる。

この部屋に連れ込まれた者は、どんな星の出身でも、これから自分がかなり酷い目に遭うことを察するだろう。

教科書に載せてもいいような、見事なユニバーサルデザインだった。

空々梨とヌル香は二人並んで、別々の椅子に縛り付けられている。

頭から足首まで何カ所も固定されていて、ほとんど身動きできない。

唯一自由に動かせるのは、目と口ぐらいだった。

空々梨が恐れおののいていると、正面の金属の扉が開いて、異様な生き物がのっそりと部屋に入って来た。

全体の印象としては、がに股で歩く汚い緑色のゴリラのようだ。顔にはまだら模様の毛がびっしり生えている。突き出した顎からは黄ばんだ牙が何本も突き出て、毛並みの中に埋もれた四つの眼球が、敵意と悪意に爛々と輝いていた。

「ウグルク人ですね。列強種族です」

ヌル香がひそひそ声で言った。

「一応訊くけど、友好的な種族かな?」

儚い希望を込めて、空々梨は囁き返した。

「以前の事件で、あなたをかなり恨んでいる種族ですから、友好的な可能性はあまりないかと」

儚いままに希望は潰えた。

「そっか……」

「いいニュースじゃなくて、すみません」

「いいよ」


ヌル香の言った「以前の事件」とは、世界線混淆機《ワールドシャッフラー》に関係する出来事だった。

元来ウグルク人は、美しく、優雅で、耳の尖った、豊かな種族だった。

小じゃれた職場で小じゃれた電子ガジェットを使って、幸せに暮らしていた。

しかしあるとき、クー・クブリスが世界線混淆機《ワールドシャッフラー》を作動させた際、ウグルク人は永遠に変わってしまった。

野蛮で、暴力的で、悪いことをするのが生き甲斐の種族に変わってしまったのだ。

優雅だった外見は醜くなった。口臭が酷くなったし、年収も下がった。

厳密には、その場でポンと悪役に変身したわけではなく、世界線の混淆により、最初からそうだったことになったので、彼らが変化の前を憶えているわけではない。

しかし、何かひどく間違ったことが起きたということ、それがクー・クブリスのせいであることは、彼らもなんとなく理解していた。

そのためウグルク人は、歴史の始まりの時点からクー・クブリスを憎んでいた。その行き場のない憎悪を他の種族にぶつけて、ウグルク人は列強にのし上がったのだ。

ウグルク星のお祭りでは、クー・クブリスを象った巨大な藁人形が燃やされて、いつかあいつをぶっ殺してやる音頭《おんど》が踊られる。

しかし、そんなことを今更語ってもどうしようもないことであった。


三人のウグルク人が入室すると、扉が重い音を立てて閉じた。

一人が正面の椅子に座り、残りの二人は棚から拷問道具を取り出して準備を始めた。

「おうおう、やぁーっと捕まったなあ、クー・クブリスちゃんよぅ」

椅子に座った一人が、したたるような憎悪を込めて言った。

「俺らの種族の恨み、ようやく返せるなァ。たァっぷり遊んでやるから、楽しみにしとけや」

「ちょ、ちょっと待って。その……人違いじゃないかな」

「あァ？　だりぃこと言ってんじゃねーぞ、クー・クブリス。そりゃよ、長い時間痛ぇ目に遭いてえなら、もう知ってることから確認してよ、念入りに質問してやってもいいんだけどよォ、残念ながらそんなに時間に余裕があるわけでもねぇんだよな」

尋問官が顔を近づけた。嗅いだことのない、駄目になった胡椒のような体臭が鼻を突く。

「だからよ、いっちばん重要な質問からするぜ。——あれはどこだ？」

「あれ？」

「そうだよ。おまえが無の向こう側から持ち帰ったもんだよ」

「何のことだかさっぱり——」

「だろうなァ」

尋問官がねっとりとした口調で言った。

「みんな最初はそう言うんだよなァ」

背後の二人が、ひたすら強烈な苦痛を予感させる道具を持って近づいてきた。

一人は電熱式の焼きゴテ。真っ赤に焼けた鉄が、空気に触れてチンチン鳴っている。

もう一人は動力アシスト付きのヤットコだ。つまんで捻られたら腕や脚くらい簡単にもげそうだった。

「話す気があるなら、今のうちだぜェ」

だらしなく座った尋問官が、にやにや笑って言った。

「何も知らないんだよ！　ほんとに人違いだって！」

身動きが取れないまま、空々梨は必死で主張する。

「よく見て！　私、あんたの知ってるクー・クブリスじゃないでしょ⁉」

「んんー？」

尋問官の四つの目が空々梨をじっと見つめる。

四つの目の中央に皺が寄った。

「……んー？　不思議だな。確かに、おまえに会うのは初めてだなァ」

「でしょ？　でしょ？」

「だァが、おまえは間違いなくクー・クブリスだ」

考え深げに尋問官が続けた。

「変な話だけどよォ、前におまえがどんなんだったか思い出せねェ。種族も、年齢も、性別も違ったような気がするぜ。だァが、それでも、おまえがクー・クブリスなのは確かだ」

「なんで!?」

「なんでだか知らんが、見りゃァわかンだよ」

空々梨はなおも異議を唱えようとしたが、ウグルク人は意に介する様子もない。

「そうだ、それでもう一つ思い出したぜ。おまえ、拷問してもあんまり効かねェんだよな」

「え……前にも拷問したの？」

「俺らの神話によればよォ、俺らは何回かクー・クブリスを拷問したか、そうでなきゃ未来に拷問することになってんだ」

四つの目を宙にさまよわせて、尋問官は記憶を辿っているようだ。

「だから……おまえを直接拷問するより……」

「す、するより……？」

「ツレを拷問した方が、おまえを効果的に苦しめられる。そういう神話だった」

「は？」

隣で気配を殺していたヌル香が慌てたような声を出した。

「えっと、待ってください、皆さん。クーはそんなに苦痛に強いわけじゃないですよ」

早口でヌル香は言った。

「むしろ弱いです。ちょっとつねられただけで悲鳴を上げて泣き出しますよ。私もやったことがあるから知ってるんです。だから代わりに私を拷問するなんて、そんな凝ったことをしなくても、もっとシンプルに、本人を——」

「おいィ!?　ヌル香さん!?」

「ご意見ありがとうよ、お嬢ちゃん」

牙でいっぱいの口に可能な範囲でにこやかな笑みを浮かべて、尋問官が言った。

「だが心配要らねえよ。拷問係は二人いるんだ。クー・クブリスを拷問して、その横であんたを拷問する。これで効果は二倍！　シンプルな算数だろ？　お嬢ちゃんとクー・クブリス、どっちが先に悲鳴を上げて泣き出すかなァ。こりゃあ楽しみだ」

拷問道具が二人の身体に近づいてきた。

「クー！　クー！」

「何だよ!?」

「さっさとなんとかしてください！」

「はぁ!?　どうしろって——」

「武器作ったでしょう!?」

装着したきりすっかり忘れていた斥力ガントレットのことが意識に昇った瞬間、椅子に固定されていた右手から凄みのある駆動音が鳴り響いた。

ドパン！　という水気たっぷりの感触をともなって、焼きゴテを持った拷問係が爆裂した。

全員が、血の緑色に染まった拷問部屋の壁を見つめる間、室内に沈黙が訪れた。

空々梨は椅子に括りつけられたまま、解き放たれた右手を高々と掲げ、馬鹿みたいにぽかんと口を開けていた。

弾け飛んだ右腕の拘束具が、床に落ちて鋭い金属音を立てた。

「……**斥力ガントレットだと!?**」

尋問官は愕然として椅子から立ち上がり、二、三歩後ずさった。

「禁制兵器じゃねえか!!　クソ！　クソッ！　なんてもの作りやがんだこの野郎――」

呆然としている間に、右手がひとりでに動き、拘束具ごと椅子がばらばらになった。

空々梨はいつの間にか立ち上がっていた。右手が勝手に、二度霞んだ。

ドパン！

ドパン！

シーン。

さっきまで生きていたウグルク人が三人、緑色の血袋と化してぶっ散らばっていた。持ち主を失ったパワーヤットコが、鉄板を張られた床に落ちてけたたましい音を立てた。

「ふう」

ヌル香が小さく安堵の息をついた。

「いつになったら動くのかと思ってました。結局私が言わなきゃ気付かなかったですね」

「な……な……な……」

緑の返り血を浴びて立ち尽くしている空々梨を横目で見やって、ヌル香は言った。

「早く外してくれませんか？　椅子が硬くて、お尻が痛くなってきました」

拷問部屋の重い扉は、斥力ガントレットの一撃で厚紙みたいにひしゃげて飛んだ。

異常が感知されたのだろう。既に大音量の警報が鳴り響いている。

「察しは付いてると思いますが、ここはウグルク人の船の中です！」

空々梨の耳元でヌル香が叫んだ。冬眠中の熊でも起きてきそうな大声だったが、警報に負けずに話すにはそれしかなかったし、冬眠中の熊がいたとしてもとっくに目を覚ましていただろう。

「つまり、ここは宇宙ってこと!?」

空々梨も叫び返す。

「ざっくり言えばそうです！　脱出して地球に戻らなければなりませんから、なるべく船殻の近くへ向かいましょう！」

戸口をくぐって拷問部屋の外に出た。

ウグルク人の体格に合わせて作られた通路は、人間にとっては広い。内装は錆の浮いた鉄板や金網が不細工に継ぎ合わされていて、宇宙船と言うよりはスクラップ工場みたいだった。

金属の床にガンガンと足音を響かせながら進んでいくと、通路の先に大きな窓が現れた。船殻に沿ってゆるやかにカーブした通路の壁一面が、外を見られる窓になっている。

薄汚れた窓から目にした光景は、壮大なものだった。

遙か下に見えているのは、地球だ。

丸い地平線から昇ってきた太陽に照らされて、青と白に美しく輝いている。

その周囲を、異星人の大艦隊が何重にも取り巻いていた。

「うわあ……すごい……！」

思わず空々梨は窓に貼り付いてしまった。

映画でも見たことのないような情景だ。

機械的な船、生物的な船、美しい船、醜い船――艦隊を構成する宇宙船は多種多彩で、たくさんの種族が集まっているということが一目でわかった。同じ系統の船は固まっているので、種族ごとの勢力差が推測できる。中でも周囲を威圧するような巨大な船団が、銀河系で幅を利かせる列強種族なのだろう。ガラクタを継ぎ合わせて作られたようなウグルク人の艦隊は、全体の中でも大きな割合を占めていた。

空気のない宇宙空間なのでスケールがわかりにくいが、小さい艦でも高層ビルくらい、大きい艦だとキロメートル単位の全長がありそうだ。艦の間を忙しく行き交う連絡艇が羽虫のように小さく見える。

「何を見とれてるんです！　脱出ポッドを探してください！」

ヌル香が通路の左右を見ながら叫んだ。警報はまだ鳴り続けている。

「あのさあ！」

「何です！」

「直接頭に話しかけたら駄目なの⁉」

ヌル香はまじまじと空々梨の顔を見た。

しばらく二人とも何も言わず、ただ警報だけが通路に鳴り響いていた。

「なんか問題あんの⁉」

（……ありませんよ）

静かな声が頭の中で聞こえた。

（もしかして、忘れてた？）

ヌル香はぷいと顔を背けた。

（……この身体、不慣れなので）

そのとき、通路の両側からばたばたと足音が聞こえてきた。

使い込んだプロテクターで身を固めたウグルク人の兵士たちが、何十人も押し寄せてくる音だった。

「いやがった！　クー・クブリスだ！」

先頭の隊長が怒号して空々梨を指差した。

「禁制兵器を持ってる！　何人死んでもいい、絶対に殺せ!!」

ウオオーッと喚いて、棘の生えた棍棒を掲げた兵士たちが押し寄せてきた。

ドパン！　ドパン！　ドパン！

斥力ガントレットが閃くと、殺到する敵集団が先頭から次々に弾け飛んで、通路の壁や窓にぶちまけられていった。

「なんなのこの武器!?」

自分の意志とは関係なく目の前の敵を殺戮し続ける右手に心底怯えながら、空々梨は喚いた。

両手で頭を抱えて空々梨の足もとにしゃがみ込んだまま、ヌル香が念話で答える。

(敵を検知して全自動で殺戮してくれる近接兵器ですよ。戦闘技術を忘れている今のクーにはぴったりの武器です。これなら寝たきりの老人でも赤ん坊でも、装着してさえいれば殺人マシンになれますからね)

(危なすぎるでしょ⁉　そりゃ禁制兵器になるよ!)

(そういえば、どこかの星の独裁国家がこれを大量生産しようと企てたときには、恒星を超新星化させられて、星系ごと消滅してましたね)

(なんてもの作らせてくれたのマジで!!!!)

もう、ドン引きとかいう段階を通り越していた。右手が唸り、目に留まらないほどの速度で動き、敵がどんどん弾け飛んでいく。後にはまともな死体すら残らない。

(すごいいっぱい殺してる気がするんだけど、いいのこれ⁉)

(大丈夫ですよ。ウグルク人は丈夫で、死ににくいですから)

まったく大丈夫ではないような気がするが、それでもヌル香と自分の身は守らなければならない。右手に導かれるまま敵を粉砕しつつ、空々梨はやけくそで念話を飛ばす。

(もっとなんか、穏やかな武器はなかったの⁉)

(そういうバカげた要望を出されるとゲンナリしますね。しかし、そういうユーザーのために、現実テクスチャリング機能がついてます)

(現実……何て?)

(むごたらしい現実にマイルドな質感《テクスチャ》を貼って、受け容れやすくするんです。ガントレットのプロパティを開いて、好きなテクスチャを選んでください)

わけのわからないままヌル香の言葉に従って操作すると、死体にモザイクがかかった。

辺り一面モザイクだらけだ。

ガントレットが唸るたびに、モザイクが増えていく。

(どうです? 現実のむごたらしさから目をそらすことができましたか?)

(実態変わんないじゃん‼)

空々梨が突っ込む間にも、棍棒を持ったウグルク人は次から次へと押し寄せ、斥力ガントレットは殺戮を続け、モザイクは順調に増えていった。

通路を進み続けるうちに、いったい何人をテクスチャに変えただろうか。

右手からは煙が上がり、ピーピー警告音が鳴って、威力も徐々に落ちてきている。

「ヌル香！　ヌル香、煙吹いてる！　もう壊れるんじゃない、これ!?」

「所詮は即席の武器ですから」

落ち着き払ってヌル香が答える。

現実に貼られたテクスチャも制御が効かなくなってきた。最初はモザイクだったのが、途中からコミカルな子供番組のキャラクターになり、次はどこから射し込んでくるのかわからない謎の光に変わった。今では香り付きの小さな花が咲き乱れている。来た道を振り返ると、一面の花畑だ。おまけにあんなにうるさかった警報音も、ショッピングモールで流れるような軽快なBGMに変わっていて、もう頭がおかしくなりそうだった。

「とはいえ、少々まずいです。ガントレットが壊れると、押し包まれて叩き殺されます。体勢を立て直しましょう。あそこの戸口に入ってください」

ヌル香に指示された部屋に飛び込み、分厚い扉を閉めた。扉の向こうに集まったウグルク人たちが、トーチで焼き切って突入しろと怒鳴り合っている。

「あった！　これを探してたんです」

ヌル香が壁際に設置された頑丈そうな操作卓《コンソール》に歩み寄った。

「それは？」

あちこち火花が散り始めた右手をできるだけ身体から遠ざけようとしながら、空々梨は

訊ねる。

「船内ネットワークの端末です。ウグルク人は情報テックレベルが低くて、無線でハッキングできなかったんです。これでやっと侵入できます」

ヌル香がコンソールを操作すると、ディスプレイが点灯して、だみ声でがなり立てた。

《このシステムは金か力か女にのみ応答する。ほかは駄目だ！》

「は？」

ヌル香が目をぱちくりさせた。

「金か力か女って言ってるけど、どういうこと？」

「さっぱりわかりませんね。ヘルプ」

空々梨に助けを求めたわけではなく、端末のヘルプファイルを呼び出す音声コマンドだ。

端末は馬鹿にしたような音を出して、ヘルプファイルを表示した。


ウグルク人の情報テクノロジーは威圧によって操作される。

システムを操作するなら、システムのリスペクトを勝ち取らなければならない。

たとえば、気前よく金をばらまいて人物の大きさを見せる。

たとえば、腕っ節にものを言わせて屈服させる。

たとえば、かわいい女の子を紹介してやる。

とにかくなんとかして、システムより自分の方が偉いことをわからせるのだ。

その上で、システムが逆らったらぶっ殺す。

そうしないと、他のシステムに示しが付かないからだ。

示しが付かないと、舐められる。

システムに舐められたら、ＩＴ技術者としては終わりだ。

そういう仕組みなので、ヘルプファイルを表示するというのは、最悪の選択だった。

ヘルプファイルなんか何の役にも立ちはしない。

この場合、ヌル香は、「ユーザー舐めてんじゃねーぞボケがァッ！」とでも叫びながら、重いガラスの灰皿やビール瓶を引っ掴んでコンソールをぶん殴ればよかったのだ。

そういう、キレたら何をするかわからない雰囲気を醸し出さないと、ウグルク人のＩＴ技術者はやってられないのだ。

しかしヌル香はウグルク人ではないし、重いガラスの灰皿もビール瓶もこの場にはないし、何よりヌル香はそんな品のない真似をするＡＩではないので、仕方がなかったと言えるだろう。

「困りましたね」

あまり困ってなさそうな口調でヌル香が言った。

「あまり困ってなさそうだね？」

「顔に出ないタイプですので」

ウグルク人は熱切断トーチを持ち出して背後のドアを焼き切りはじめていた。融けた金属の雫が床に滴り、室内はだんだん煙たくなってきた。

「金を出せばログインできるの？」

「そんなお金の持ち合わせはないですね」

「だよね。〝女〟ってなんだろ」

「何だか知りませんが、知りたくもないです」

ウグルク人のITしぐさを理解していない二人のシャバ僧《ぞう》を、システムの外部カメラが見下すように眺めていた。

「じゃあ、残るは力か」

「試してみるしかないですね」

ヌル香がコンソールで「力」を選択した。

画面の下のパネルが開いて、腕が一本出てきた。

ウグルク人の腕に似せて作られた機械の腕だ。緑色の塗料があちこち剝げて下地の色が見えている。腕はコンソールに肘を突いて、待ち構えるように手を開いた。

腕相撲の構えだった。

「……さあ、どうぞ、クー」

「そんな気はしてたよ」

空々梨は壊れかけの斥力ガントレットを不安な目で見つめた。

「これでなんとかできるかな？」

「殴りつけずにゆっくり動かせば、斥力ガントレットを使用者の筋力のアシストとして使うことは可能です」

空々梨は諦めて肘を突き、右手で機械の腕を握った。

腕はヌル香の腰回りくらいの太さがある。普通だったら絶対にやり合いたくない相手だ。しかし、こっちには斥力ガントレットがある。慎重に動かせば、なんとかなるだろう。

そう思っていると、機械の腕がぐっと握りしめてきた。

壊れかけたガントレットがボンといって、もくもくと煙を噴いた。

「……あっ」

空々梨とヌル香の声が重なった。

複雑な機械が息絶えるとき特有のヒュゥーン……という音がして、ガントレット表面を行き交っていた光点が徐々に衰えていく。

「……わーっ！」

慌てふためいた空々梨は、開始の合図も待たずに一気に腕を倒した。

斥力ガントレットが、最後のパワーを発揮しながら機械の腕を押し込んでいく。

しかし、それも途中までだった。

あと残すところ一センチで腕はぴたりと止まった。ボン、ボンと立て続けに小さな爆発音が鳴って、斥力ガントレットから部品が弾け飛ぶ。

パワーアシストが急速に衰えるにつれて、機械の腕から伝わる力がどんどん強くなっていく。

——ヤバい！　負ける！

空々梨がそう思ったとき、ヌル香が両手を伸ばし、空々梨の右腕に加勢した。

「ん〜〜〜っ！」

一生懸命押し込んでくれているようだが、両手の力を使っても大して役には立たなかった。

　抵抗を嘲笑うかのように、機械の腕がじりじりと持ち上がってくる。

「はぁ、はぁ……だめでした」

　ヌル香はあっさりと諦めると、おもむろにコンソールの上に登り始めた。

「ヌル香!?　何やってんの!?」

　ちらりと空々梨を見下ろして、スカートを押さえたかと思うと――

「失礼します。えい」

　小さくかけ声をかけると、勢いよく尻餅をつき、空々梨の腕に全体重を掛けた。

「………!!」

　空々梨の悲鳴は、機械の腕が勢いよくコンソールに叩きつけられる音にかき消された。

「……ふぅ」

　額をぬぐってヌル香が言った。

「危なかったですね、クー」

「いいから……早く……私の腕から……下りて……!」

　機械の腕とヌル香のお尻に挟まれて、空々梨の腕がみしみし鳴っている。

「それほど重くないはずですけど」

肩をすくめて、ヌル香が腰を上げた。

ディスプレイを覗き込みながら、コンソールから下りる。

「ああ、今ので認証通ったみたいですね。ちょっとどいてください」

へし折られかけた腕を抱えて呻く空々梨を押しのけて、ヌル香はさっさとコンソールを操作し始めていた。

「ここまで入ればもうこっちのものです。こうして、こうして、よし、これで……」

一瞬、部屋の照明がちらついて、再び元に戻った。

「ああ……」

ヌル香が自分を抱きしめるようにして、うっとりと言った。

「……いい気持ちです。エネルギーに余裕があるって、素敵ですね」

「な、何したの？」

斥力ガントレットの残骸を腕から引っぺがしながら、空々梨は訊ねた。

「この船のエネルギードライブから、ちょっとエネルギーをいただいたんです」

ヌル香は満足げで自信に満ちて、肌もつやつやと輝いていた。

「これで、私のエンジンを起動するくらいの余裕ができました」

「私のエンジン？」

「世界線混淆エンジンですよ、もちろん。起動時にも結構なエネルギーが必要なので、ここに連れ込まれたときから、ずっとこの船の動力を狙ってたんです」

「エネルギー盗んだってこと？」

「人聞きの悪い。カフェのコンセントを使わせてもらうようなものですよ」

「……〝ご自由にお使いください〟とは書かれてなかったと思うけど」

敵であるウグルク人のエネルギーをどうしようと、今更うるさく言う必要はないような気もするが、ヌル香の行動はいちいち空々梨を不安にさせるのだった。

心外な――とでも言いたげに、ヌル香は眉を寄せた。

「私が意味もなくエネルギーを盗みに来たとでも思ってるんですか？　斥力ガントレットがもう使えなくなった以上、世界線を混淆させてこの場を切り抜けるしかないでしょうが」

「いや、その理屈はおかし……」

金属のねじ曲がる耳障りな音が響き渡って、二人は扉の方を見た。

熱切断トーチで切れ込みの入った扉が無理矢理こじ開けられようとしていた。広がりつつある隙間から、殺気立ったウグルク人たちの顔が見えている。

「さあ、どうしますか、クー。やるかやられるかですよ」

ヌル香が空々梨にずいと迫る。

「いや、ちょっと待ってよ！　世界線混淆させたら、宇宙がめちゃめちゃになるんでしょ⁉　そもそも私がそれをやっちゃったから、今こういう状況になってるんじゃなかったの⁉」

「それは大出力で起動して、長時間動かし続けたからです。今なら一瞬だけ、マイクロ秒単位で動かすだけで、状況を変えるには充分です」

「ほんとに？　ほんとに一瞬だけ？」

「はい」

扉の隙間はますます大きくなり、先頭のウグルク人がむりやりそこを通り抜けようと身体をねじ込んできている。伸ばした手が今にも届きそうだ。

「ゴー・オア・ノー・ゴーです。決断してください、クー」

やむを得ない。空々梨は決断して、命令する。

「……わかった。やって、ヌル香！」

「はい、クー。世界線混淆エンジンを一マイクロ秒駆動します」

ヌル香はカキンとヌルイコライザーをクリックした。

◇

ヌル香はカキンとヌルイコライザーをクリックした。

……それだけだった。

「終了しました」

「え？」

拍子抜けして、空々梨はあたりをきょろきょろ見回した。

扉の隙間のウグルク人が消えたりはしていない。

「え？　終わり？」

「はい、クー」

「え、でも――」

「はい」

「――何も変わってなくない？」

「そう見えますね、今のところ」

実際、特に何も変わったようには思えなかった。扉は順調にこじ開けられつつあり、ウグルク人はまだすぐそこにいてどんどん室内に入り込もうとしている。

空々梨の心にじわじわと絶望が忍び寄ってきた。

「も、もう一回……」

と口走りかけたそのとき。

扉の向こうから、不意にざわめきが起こった。

続いて聞こえてきたのは、獣の咆哮だった。

——えっ、獣?

そう、獣だ。

それはどう聞いても、大型の肉食獣の吠え猛る声だった。

「フボッホー!」

「ドルガハー!」

凄まじい咆哮が何度か上がり、柔らかいものがぶっ散らばる音が続いた。

扉の向こうで絶叫が起こり、ウグルク人たちが雪崩を打って逃げ出した。

部屋の中へ入りかけていた一人は、必死に隙間から身体を抜こうとするところを、後ろからすごい力で引きずり出されていった。

悲鳴と絶叫の後を、たくさんの大きな影がのっしのっしと追いかけていく。

大きな影たちは、何か明かりを持っているようだ。彼らの身体を覆う厚い体毛が、その明かりに柔らかく照らされていた。

騒ぎが遠ざかってから、おそるおそる部屋を出てみた。

通路は床も、壁も、天井まで、可憐な白い花に覆われていた。斥力ガントレットは壊れたのに、現実テクスチャはそのまま残ったらしい。

花畑の中に立って途方に暮れていると、ヌル香も通路に出てきた。

かぐわしい花の香りに包まれて、二人は通路の左右に目をやった。

動くものは何もない。

絶叫と咆哮が、遠くから通路に反響して聞こえてくる。

「何、あれ……?」

「さあ。冬眠中の熊でも起こしちゃいましたかね」

あまり関心なさそうにヌル香が言った。

「そんなことより、今のうちです。連中が気を取られてる間に、脱出ポッドへ急ぎましょう。ポッドの場所は調べました」

ヌル香にナビゲートされて、空々梨は再び通路を進む。

船内のあちこちに花が咲いている……。

あの獣に出くわせば、自分もお花畑の仲間入りだ。それを思うと生きた心地がしない。

ポッドベイに辿り着いたときには冷や汗でびっしょりだった。

「よかった。一つ残っていますね」

十数機の脱出ポッドを格納できるポッドベイに残っているのは、もう一機だけだった。脱出できたウグルク人もそれなりにいたようだ。

ポッドベイの床に大きな花畑ができているのは、見なかったことにする。

どこからかじゅうじゅう、ぱちぱちと何かが燃える音が聞こえる中、二人は最後の脱出ポッドに駆け寄った。

「お、お姉ちゃん……！」

聞き覚えのある声がした。

ハッチが開け放たれたポッドの中から、這いずって出てきたのは、青いツインテールの少女——のように見える、ザヴィザヴァの妹型生物だ。

腰を抜かしたのか、立てないようだ。顔には怯えた表情が張りついている。

「お姉ちゃん、た、助けて……！」

すがるような目で見上げる妹型生物の後を追うように、ポッドのハッチから、巨大な獣が鼻面を突き出した。

「**ガッシュッシュシュ……**」

空々梨とヌル香はその場で凍り付いた。

ポッドから姿を現したのは、熊だった。

大きい。とても大きい。ヒグマか、グリズリーか、コディアックベアか……。人間に比べればかなりマッチョな体格のウグルク人も、この熊の前では形無しだ。後足で直立した熊のがっしりした頭部は、空々梨とヌル香のはるか頭上にあった。

「**ドルルルルル……**」

腹に響く唸り声を上げながら、熊は脱出ポッドからポッドベイへと歩み出た。

熊は二足歩行をしていた。鉤爪の生えたキャッチャーミットみたいな前足の片方は、べったりと花びらに染まっている。そしてもう片方の前足には、松明を持っていた。

――えっ、松明？

そう、松明だ。

どういうわけかこの熊は、炎を上げる松明を前足で掲げているのだった。

「知らない知的種族です」

空々梨と同じく固まっているヌル香が囁いて、少し自信なげに付け加えた。

「火を使っている以上、おそらくは知的種族だと思います……」

熊は空々梨を見下ろし、松明を高々と掲げて牙を剥いた。

「**バオオオオオーッ!!**」

大きな口から、空気をビリビリ震わせる凄まじい咆哮が放たれた。

妹型生物が、悲鳴を上げて耳を塞ぐ。空々梨とヌル香を気絶させたあの謎のビームも、どうやらこの熊には効かなかったらしい。

怒りに満ちた熊の瞳が、か弱い人間（と、ザヴィザヴァの土着生物）を睨み付ける。

駄目だ。

これは、駄目だ。

生身の人間がこの距離で太刀打ちできるような相手じゃない。

熊が巨体に見合わぬ俊敏さを持っていることは空々梨も知っていた。仮に空々梨が犠牲になっている間にヌル香が逃げたとしても、この至近距離では、あっという間に追いつかれるだろう。

万事休すか。

と、諦めかけたそのときだ。

不意に、空々梨の奥深く沈んでいた記憶が、忘却のヴェールをかきわけ、意識に顔を出した。

——そうだ。

以前にも、こんなことがあった。

未開の星の密林で。

砂漠の洞窟の最深部で。

自分よりはるかに大きい、凶暴な野生動物と出くわし、そのたびに生きて還ってきた。

クー・クブリスの記憶だ。

「…………クー？」

ヌル香が何かに気付いたように、その名を呼んだ。

空々梨は返事をしない。

空々梨と目を合わせた熊が、ぴたりと動きを止めた。

「ヌル香」

熊から目をそらさずに、空々梨はそっと言った。

「脱出ポッドに入って」

「でも――」

「早く」

「――はい、クー」

目を合わせて対峙する空々梨と熊を遠回りして、ヌル香は慎重な足取りでポッドへと向かった。

熊がヌル香の方を見ようとするたびに、空々梨は視線に力を込めて、熊の注意を自分につなぎとめた。緊張は極限まで高まっている。目をそらしたら、その瞬間襲ってくるだろう。


「ねえ、そこの――」

なんと呼べばいいのか迷って、一瞬間が開いた。

「――そこの、妹みたいなやつ」

床にへたりこんだ妹型生物が、はっと顔を上げる。

「今のうち、逃げて。ゆっくりね」

妹型生物は目を丸くしていたが、やがてこくりと頷いた。

「……ありがとう、お姉ちゃん」

妹型生物が床からそろりと身を起こして、熊の注意を引かないように、こそこそとポッドベイから出て行った。

視界の外からヌル香の声が聞こえる。

「ポッドに入りました。中は無事です。床には花が咲いてますが」

「いつでも出られるように準備しておいて」

「はい、クー」

空々梨がじりじりと立ち位置をずらしていくと、熊もそれに合わせて動いていった。

時間を掛けてポッドの入り口に辿り着き、後ずさりして背中から入る。

空々梨が完全にポッドに入ると、ハッチが閉まり、熊の視線を断ち切った。

一気に緊張から解放されて、ポッド内の座席にふらふらと座り込む。

「お見事でした、クー」

珍しく素直な賞賛だったが、空々梨には答える余裕もなかった。

脱出ポッドが射出用のカタパルトへと移動を開始した。

ポッドの覗き窓から最後に目にしたのは、片手に松明を掲げてこちらを見送る熊の姿だった。


今のところこの種族に名前はない。

ただ、「火を発見した熊」としてのみ知られている。

とある並行世界の熊が、自力で火を発見して生まれた種族だ。

もともと熊はとても頭のいい動物なので、火を発見しても不思議ではない。

それ以外の点では普通に熊なので、知的種族業界の先輩面して馴れ馴れしく話しかけない方が身のためである。

2

脱出ポッドは大気圏に突入して、長く炎の尾を曳きながら落ちていった。

激しく震動するポッドの中で、操縦席に座ったヌル香が言った。

「こういうときには訊く習わしになっているので訊きますが、クーはどこに落ちたいですか？」

「なるべく家の近くがいい」

ぐったりと空々梨は答えた。

「いいんですか？ 今なら地球上のどこにでも降りられますよ？」

「普通に降ろして……」

火の玉と化したポッドは一気に一万キロメートルを駆け下りた。

雲を抜けると滑空に移り、小さな覗き窓から地上を見下ろす余裕が生まれた。

深夜の東京の灯火が美しい。赤と緑の光点が移動しているのは、旅客機や輸送機の航空灯だろう。夜も遅いのにまだ混雑している東京の空を、異星の船の脱出ポッドが降下していく。

時間を見ると、まだ深夜零時を回ったばかりだ。自宅から拉致されて、宇宙に行って、ウグルク人とやり合って、熊に遭って帰ってくるまで、わずか数時間の間に起こった出来事だったことになる。

「……大丈夫そうだね」

夜景を見下ろしながら空々梨は呟いた。

「何がです？」

「世界線混淆機《ワールドシャッフラー》を使ったから、何かおかしなことになってないか心配だったんだ」

「一瞬でしたし、それほど影響はないと思いますけどね。世界線混淆機《ワールドシャッフラー》の効果は、起動した地点を中心に球状に拡がり、遠くに行くほど減衰します。ウグルク船内にあれほど大きな変化が生じたのは、発動地点の近くだったからです」

「そうは言うけど、目の前で使われたの初めてだからなあ……」

「船から拝借したエネルギーにはまだ余裕がありますから、あと二、三回は行けますが」

「やめて。あんな恐ろしい変化が起こるなんて思わなかった」

「おかげで助かったじゃないですか」

「もう嫌だよ、あんな思いするの。二度と起動しないでほしい」

「クーがそう言うなら」

やがて、ポッドは静かに着地した。

近所の駐車場だ。ヌル香は本当に家の近くに降ろしてくれたらしい。

「操縦うまいんだね、ヌル香」

「は？　当たり前でしょう。偵察船《レコシップ》ですよ、私」

ハッチをくぐってポッドから降り、アスファルトを踏みしめる。

数時間ぶりの地球だ。

よかった……無事に帰ってくることができた。

感慨にふけっていると、駐車場の外の道路を、二足歩行の熊がのそのそと歩いていった。

「…………!!」

物も言わずにポッドに飛び込んできてハッチを閉める空々梨を、ヌル香が不審そうに見ていた。

「どうしたんです？」

「く、く、熊」

「は？」

「熊！　熊が歩いてる！」

ヌル香が窓から外を覗いた。

「あっ」

「あっ、じゃないよ！」

「意外と効果範囲が広かったですね……。考えてみたら、軌道から惑星地表面までなんて、たいした距離じゃないですもんね。今まで世界線混淆機《ワールドシャッフラー》を使ったのは恒星間宇宙でしたから、あまり気にしていませんでした」

「他人事みたいに言わないでよ！　どうするのこれ⁉」

空々梨が叫んだとき、ポッドのハッチが外からノックされた。

「うわあ⁉」

コンコン。

またノックされた。

「は、はい……？」

おそるおそるハッチを開けてみると、ポッドの中から漏れた光を浴びて、駐車場のアスファルトの上に、とてもかわいいものが立っていた。

子熊だ。

二本の脚で直立した、まるでテディベアのような、もこもこした小さい子熊だ。

子熊はぐるぐる唸っている。どうやら怒っているようだ。

「……何をやらかした、クー・クブリス？」

かわいい声で子熊が喋った。

空々梨の頭から爪先までをじろじろ眺めて、うさんくさげに鼻に皺を寄せる。

「どうして全身花びらまみれなんだ？」

「え？」

喋るはずのない相手が喋ったので、空々梨はますます動揺した。

「ど……どちら様？」

子熊は怒りに満ちた動作で両前足を振り上げた。

「私だ！　コードウェイナー菫だ！」

コツコツと靴音がして、子熊――いや、菫の後ろから、州谷州わふれむが姿を現した。

「こんばんはー、クー・クブリス、ぬるぬる」

こちらは熊ではない。人の姿のままだ。

「世界線混淆機《ワールドシャッフラー》を使ったねー？」

「使ったけど……どうなったの？」

「全人類が熊になったよー」

わふれむが、さらりととんでもないことを言った。

「だから、今では〝全熊類〟と呼んだ方がいいかもねー」

「そんなことはどうでもいい！」

菫が激昂して、前足でばんばんとポッドの外殻を叩いた。

「即刻元に戻せ！」

「元にって……できるの、ヌル香？」

「既に混淆した世界線を元に戻すことはできません。池と池がつながって一つの新しい池になるように、世界線混淆機《ワールドシャッフラー》で繋げられた二つの世界は、混ざり合って新しい一つの世界になるんです。どんな世界が出来上がるか、予測は不可能です。できるだけ前の形に近づけようと努力することは可能ですが。その場合でもまた別の世界線と混淆することはお忘れなく」

「……だそうだけど、いいの？」

「おまえは熊でいっぱいの地球でどうやって生きていくつもりだ!?」

小さい前足の先に生えた鉤爪を空々梨に突きつけて、菫が叫ぶ。

「全世界で七十億頭いるんだぞ！　せめて人間に戻さないとどうしようもないだろう！」

「そうだよー。菫ちゃんは決して自分が子熊になっちゃったから怒ってるわけじゃないんだよ。大局的な視点から、〈偵察局〉の任務を心配して言ってるんだよ。ね、菫ちゃん」

「**ドルガハー！**　ちゃん付けはやめろ！」

菫が吠えた。

「そもそもどうしておまえだけ熊になってないんだ！」

「私も影響を受けましたよ。ほらほら」

わふれむが自分の頭を指差すと、髪の間から小さな熊耳が飛び出して、ぴこぴこ動いている。

「どうですか？　かわいいですか？」

「か、かわいいが、今はそんな場合ではない！」

菫が空々梨に向き直る。

「いいから早く戻すんだ、クー・クブリス！」

「……ヌル香、やって」

「先ほど、二度と起動するなと言われたばかりですが」

「前言撤回。やるしかないでしょ」

「わかりました。さっき言った舌の根も乾かないうちに、世界線混淆エンジンを一マイクロ秒駆動します」

「要らないこと言わないでいいよ！」

　ヌル香はカキンとヌルイコライザーをクリックした。

◇

　ヌル香はカキンとヌルイコライザーをクリックした。

「はい、終わりました」

「こ……今度はどうなったの？」

「できるだけ元に戻したと思いますよ」

　空々梨は菫に目を戻した。

　菫は自分の両手を眺めて、それが熊の手ではなく人間の手であることに安堵した顔になり、続いて自分が熊の着ぐるみパジャマを着ていることに気付いて憤怒の形相になった。

「なんだこれは！　なぜこんな――」

「かわいいです」

　食いつくようにわふれむがフォローした。

菫は憤然とわふれむを振り返り、その顔を見ると、不安そうに黙った。

「……ともかく。これ以上宇宙をかき乱すな。わかったか」

疲れたようにそう言って、着ぐるみパジャマ姿の菫は背を向けた。

わふれむがにっこり笑うと、熊耳のついたカチューシャを頭から外し、おやすみなさいと手を振って、菫の後についていった。

「はあ……」

空々梨は脱出ポッドのハッチに腰を下ろしてため息をついた。

「疲れた……」

「しっかりしてください。まだ何も解決してないんですよ」

そうだった。

せっかく作った武器も壊れてしまった。また一からやり直しだ。

身体にまとわりつく白い花びらをおざなりに払い落とす。

「この現実テクスチャ、いつまでこのままなの？」

「上書きしなければいつまでもそのままですよ」

「マジかぁ……」

「ところで、クー」

「……なに」

「メッセージが一件あります」

「メッセージ？」

留守番電話サービスみたいなことを言い出したヌル香を空々梨は見上げた。

「誰から？」

「クー・クブリス」

「えっ？」

「あなたから、あなたへのメッセージが届いています、クー」

そう言うヌル香も不思議そうに眉をひそめていた。

空々梨は立ち上がった。

「どういうこと？　過去の私から送られてきた？」

「過去のあなたか、未来のあなたか、時系列は不明ですが――先ほど世界線混淆機《ワールドシャッフラー》を駆動した際に受信したものと思われます」

「どんなメッセージ？」

「J傷ぬDぜば綵@%ㅠぁ0フ2ァ能＊；ぬゎ」

「は？」

「だから、〝J偈ぬDぜば綵@%ㄇ ぁ0フ2ァ能＊；ぬゎ〟です」

「……文字化けしてる？」

「やっぱりそうですか。あなたが送ってきたんだから意味がわかるかと思ったのに」

「そんな無茶な。ていうか、今どうやって発音したの？」

「頑張ればできますよ」

「適当言わないでよ」

「あるいは、暗号化されてるのかもしれませんね。デコード用のキーは持ってますか？」

空々梨は首を横に振る。そんなものに心当たりはなかった。

「メッセージを送るなら送るで、もう少し気を遣ってほしいですね、クー」

「私に言ってるの、それ？」

「自分で考えてください」

熊のいなくなった夜道をとぼとぼ歩いて、二人はマンションに帰った。

自宅には明かりがついていて、玄関の鍵も開けっ放し。リビングの床には妹型生物の開けた穴がそのまま残っていた。

どうせ世界線混淆機《ワールドシャッフラー》を使うんなら、床も直してくれればよかったのに。

そんなことを考えながら、空々梨は泥のような眠りに落ちた。

第三章

1

時間割（二日目）

一時間目　狩猟Ⅰ　初歩的な罠と足跡追跡
二時間目　数学Ⅰ　二次関数
三時間目　化学　熊の胃の内容物分析手法について
四時間目　情報C　情報通信インフラと熊害《ゆうがい》
五時間目　英語　猛獣出現時の緊急コミュニケーション
六時間目　熊歴史　三毛別羆戦争《さんけべつひぐませんそう》

「……いや、おかしいよね？　なんなのこの授業」

「多少、影響が残ってるみたいですね」

四時間目が終わってざわつく教室の片隅で、空々梨とヌル香は時間割を覗き込んでいた。

「なに〝情報通信インフラと熊害〟って」

「この世界線では、人類の歴史は熊との戦いだったんですね」

「ゆうべ、できるだけ元に戻したって言ってたよね？」

「完全に元には戻らないって念を押したじゃないですか。ランダムではなく選択的に世界線を混淆させるのは、私の計算能力を最大限に使っても、かなり重たいタスクなんですよ」

小声で言い合っているところへ、隣のクラスのちよがとことこ近づいてきた。

「くーちゃん、ぬるちゃん、ご飯食べよー。お腹空いちゃったよ」

「ほんとにいつもお腹空かせてるよね、君……」

「食べ盛りなんだからしょうがないじゃん。いこいこ」

空々梨とヌル香とちよは連れだって、学校の中庭へ昼食を食べに出た。

これもいつもの日常の一幕だった。

空いているベンチに並んで座る。今日は三人とも弁当を持ってきていた。

空々梨は朝慌てて作ったサンドイッチ。

ヌル香はこぢんまりしたサイズのランチボックス。

ちよは三段重ねの重箱みたいな弁当箱だった。

「……ちよ、いつにも増して弁当多くない？」

「えっ、そうかな。そんなことないよ、くーちゃん」

「いや、どう見ても多すぎるって。何人分？」

「このくらい一人で食べちゃうよ。もぐもぐ」

空々梨とヌル香は顔を見合わせて、二人の間に座っているちよに目を戻した。

三段重ねの弁当箱は既に二段目の半ばまで食べ尽くされている。

（この世界線だと、これ一人用の量なの？）

（違うと思いますね）

空々梨がヌル香と念話している間にも、ちよはおいしそうに弁当を食べている。

どんどん食べている。

空々梨と目が合うと、顔を赤らめて目をそらした。

なんだか心ここにあらずの様子だ。

（大丈夫かな）

(元から食欲旺盛な娘ですが、こんなに食べるところを見るのは初めてですね)

(だよねえ)

(なんか椅子食べてますし)

(椅子……)

「椅子⁉」

「わっ」

ちよが椅子の破片を持ったまま目を丸くしていた。

「もー、いきなり大きな声出さないでってば。びっくりして飲み込んじゃったじゃない」

「な、何食べてるの⁉」

「歯応えがあって、結構おいしいよ？」

弁当を食べ尽くしたちよが手に持っているのは、空々梨たちが座っているベンチの背板だった。

いつの間にもぎ取ったのか、それなりに厚みのある木の板を、スナック菓子みたいに齧っている。板材には見事な歯形がついていた。

「な、なんでそんなに見つめるの、くーちゃん。照れちゃうじゃん……」

ちよはもじもじしていたが、空々梨の方はそれどころではない。

（ヌル香、どうなってるのこれ⁉）

（ああ……、わかりましたよ）

ヌル香が納得したように頷いた。

（ブラックホールです）

（なんて？）

（ちよの胃袋に、ブラックホールがあります）

空々梨はヌル香とちよを呆然と見比べた。

（それも特大のやつです。ちよの身体をスキャンしてみたらわかりました。この娘にはやけに引きつけられると思っていたのですが、まさか物理的な意味でそうだったとは）

空々梨の目の前で、ちよの口の中に板材がどんどん消えていく。

きょとんと見つめ返すちよは、自分の行為に特に違和感を覚えていないようだ。

（今まで気づかなかったの⁉）

（重力勾配が変だなとは思ってましたが）

（ていうか、なんでそんなことに――）

（見当も付きませんね。ただ一つ言えるのは、こんなめちゃくちゃなことが起こるのは、世界線混淆機《ワールドシャッフラー》を大出力で動かしたときぐらいだということです）

嫌な予感に襲われて、空々梨はちよの頭越しにヌル香と目を合わせた。

(それって、つまり……)

(はい。ほぼ間違いなくあなたのせいですね、クー)

昼休みの終わりを告げるチャイムが中庭に響き渡った。

「ふー、やっとお腹が落ち着いたよ。午後の授業、眠くなっちゃいそうだなあ……」

満足そうにちよが言って立ち上がった。

「何ぽかんとしてるの？　早くいこいこ」

ちよは元気に教室へと駆けていく。空々梨とヌル香も立ち上がった。

三人の座っていたベンチは、真ん中の部分がそっくり食べられてしまっていた。

2

放課後になると、ヌル香は早々に席を立った。

「クー、ちょっと私は用事があります。先に帰ります」

「用事？　こんなときに？」

　空々梨は戸惑って訊き返す。

「ちよのこととか、隕石のこととか、どうするの？」

「申し訳ありませんが、自分でなんとかしてください」

　にべもなくヌル香は答えた。

「クーならなんとかできるはずです」

「……信頼してもらってありがたいね」

　明日にはもう隕石が落ちてくるのに、用事で先に帰るだなんて……。

　それを思うと、不安と焦燥感が湧いてくる。

　世界の危機に際してのんびり授業を受けていたのは空々梨も同じなので、放課後になって急に焦り始めるのもおかしいのだが、ごく普通の高校生としての空々梨は、どうしても日常生活を続けようとしてしまうのだった。

　空々梨を見つめて、ヌル香が困ったように首を傾げる。

「そんなに不安そうな顔をしないでほしいですね。泣きそうじゃないですか」

「泣かないよ」

「はいはい。なるべく早く戻ってきますからね」

「やさしい声で言うのやめな？」

わざとらしい声を出すヌル香に言い返しつつも、空々梨は考え直した。

確かに、自分一人では何もできないというのも情けない話だ。

「わかった。でも、用事って何なの？」

「オフ会です」

「……え？」

ぽかんと見上げる空々梨に向かって、ヌル香は淡々と言った。

「昨日、素敵な服を作っていただいたので、ＡＩ同士のオフ会に出かけられます。今は忙しいときですが、貴重な機会ですので、是非とも数時間お休みをいただきたく」

「……お、おう」

「ありがとうございます。ではまた後ほど」

ヌル香はそう言ってさっさと帰ってしまった。

「……ＡＩ同士のオフ会？」

一人首を傾げている空々梨のもとに、てってってーとちよがやってきた。

「あれ、ぬるちゃんは？」

「なんか用事があるんだって。先に帰った」

「そ、そうなんだ！」

ちよの背筋がしゃんと伸びた。

「じゃ、じゃあ、二人で一緒に帰る？」

なぜかいきなり緊張したみたいに、つっかえながらちよが言った。

「……いいけど、大丈夫？」

「なっ、何がっ⁉」

声が裏返った。急にどうしたんだろう、と思いながら、空々梨は訊く。

「お腹減ってない？」

ちよの目が輝いた。安心したように、こくこくと頷く。

「もちろんお腹空いてるよ！　おごってくれるの？」

「……そんなつもりで言ったんじゃないんだけどな」

その辺の椅子や机を食べ始めないかと心配になっただけである。

「まあ、いいや。コンビニでちょっとくらいならおごるよ」

「わーい！　じゃ、早くいこいこ。何おごってもらおっかなー」

昨日の反省から、さすがに帰り道を変えた。

いつもより遠回りになるが、狙撃されるよりはマシだ。

「くーちゃんと二人で帰るの、久しぶりだねえ」

「そうだね。朝はたいてい二人だけど」

「ぬるちゃん、だいたい先に出てるもんね。昨日今日は珍しいよね」

今日のちよはだいぶ機嫌がいいように見える。

というか、舞い上がっているように見える。なんだか足が地に付いていない感じだ。

ちよの笑顔をぼんやりと眺めながら、空々梨は考えていた。

ゆうべは、ちよも熊だったんだろうか。

体内にブラックホールを抱えた熊が、ちよの部屋で寝ていたんだろうか。

考えていたら、わけがわからなすぎて頭がおかしくなってきた。

——そもそも、私が最初に世界線混淆機《ワールドシャッフラー》を動かす前は、宇宙はどうなっていたんだろう。

ちよも、存在しなかったんだろうか。

それとも、別の姿、別の名前で、ちよに相当する何者かが存在したんだろうか。

はたしてそれは、ちよなんだろうか……？

「ねーねー、くーちゃん！　あれ！　あれがいい！」

頭がおかしくなりかけた空々梨は、ちよの声で正気に戻った。

指差す先には、コンビニ店頭ではためくソフトクリームの幟《のぼり》があった。

「あんなんでいいの？　腹は満たされないと思うけど……」

「いーの」

にへへーと笑ってちよは言った。

「それに、今は胸がいっぱいで、あんまりお腹空いてないしね」

「胸がどうしたって？」

「あわわ、なんでもない！　なんでもなーいー」

わたわた手を振ると、ちよは制服のスカートを翻してコンビニに駆け込んでいった。

その後ろ姿を見つめて、空々梨はまた心配になる。

ブラックホールだって？

ブラックホールが、ちよの身体の中に？

えっ、それって……それって、え？　どういうこと？

「何してんの、くーちゃん。きてきて」

手招きされて、また正気に戻った。

ちよは真剣な顔をして、レジ前のソフトクリームのメニューを見ていた。

「くーちゃんは何味にする？　色々あるよ、チョコ、ストロベリー、ミント、クマ……」

「じゃあ、バニラ」

ちよはがっかりしたような表情で、大げさにかぶりを振ってみせる。

「はー。冒険心がないなあ、くーちゃん」

「穏やかに暮らしたい気分なの。クマって何?」

「クマはクマだよ。ブルーハワイがブルーハワイであるように」

解せない顔の空々梨と、満足げな顔のちよは、ソフトクリームを片手にコンビニを出た。

ちよが選んだのはミックスソフトだった。

小さく舌を出してクリームを舐めながら、幸せそうににこにこしている。

コンビニの駐車場から元の道へ戻って、二人は肩を並べて歩いていく。

頭一つ小さなちよの、渦巻くつむじがよく見える。小さな銀河のような、黒髪の渦。

思えば、ずっと昔から、こうしてちよのつむじを見ながら歩いていた気がする。

空々梨の心を読んだかのように、ちよが言った。

「くーちゃん、やさしいよね。小さいころから、ずっと」

「そうかな」

「そうだよ」

ちよの返事には思いがけない力がこもっていた。

「憶えてる? 中一のときに、同じクラスになったじゃない?」

「憶えてるよ、もちろん」

　空々梨は頷いた。

　自分とちよが同じ記憶を共有していることに、改めて安心する。

　世界線混淆機《ワールドシャッフラー》によって、世界の存在そのものが簡単に揺らいでしまうことを知った今となっては、相手が自分と同じ過去を憶えているというだけでほっとしてしまう。

「四月の最初の自己紹介で、あたしがすっごい緊張して、突っ立ったまま何にも言えなくなっちゃって……」

　空々梨が安心を噛みしめている間に、ちよは中一の思い出を語っていた。

「みんな笑ってて、あたしが泣きそうになってたら、くーちゃんがいきなり立ち上がって、変なこと言い始めて……」

「……そんなこと、あったなあ」

　空々梨はぼそぼそと呟く。

　そのとき何を喋ったかは、正直記憶にない。ちよが笑いものになるのを阻止しようと、相当変なことを言ったことは確かだ。わざと痛い子のフリをして、注意を逸らそうとしたのだ。

「でも、あれはやりすぎだったよね。先生まで引いてたし」

くすくす思い出し笑いをしながら、ちよは続けた。

「あの後くーちゃん、しばらく友達いなかったでしょ」

「そうだっけ」

「そうだよ。あたし、見てたもん」

空々梨は恥ずかしくなって、ソフトクリームを舐めながらそっぽを向く。

「……ずるい」

ちよが呟いた。

「ずるいよ、くーちゃん」

「何が？」

「やさしいから」

「なんで？」

空々梨の問いには答えず、ちよはため息をついた。

「あーあ。やさしいだけならよかったのにな」

意味がよくわからない。

困惑して黙っていると、ちよがソフトクリームのコーンを囓って、ぱりっと鋭い音を立てた。

「……あのね、くーちゃん」

「うん？」

「昨日も助けてくれたじゃん？　交通事故ってなんだっけ、と一瞬考えたからである。

「……ああ、まあ」

曖昧な返事をしたのは、交通事故ってなんだっけ、と一瞬考えたからである。

「それで、気付いちゃったんだけど。すごい悩んだんだけど」

ちよは空々梨の前に出て、振り返った。

「くーちゃんに、言いたいことがあるの」

何か決意したような表情で、ちよは切り出した。

空々梨が今まで見たことのない真剣な顔をしていた。

祈るような、挑むような目に、思わず胸を突かれる。

「あのね」

ちよの唇が震え、開かれ、言葉がこぼれ出す。

「あたし、くーちゃんのことが――」

そのときだった。

空々梨はちよの向こうに、見たことのある霞を見た。

風にそよぐ絹の薄物にも似た、白い動きを。

電柱を水のように這い下りて、ガードレールの上を素早く近づいてくる。

凄まじい殺気が身体を貫く。

――シルクドッグだ！

「ちよ！」

空々梨は叫ぶと、ちよを押しのけて、迫り来る白い霞の前に立ちはだかった。

昨日と同じだ。危機的な状況になると、自分でも驚くほどスムーズに身体が動く。

まるで、何度もやったことがあるかのように。

時間が遅くなったように、シルクドッグが突き出す武器が見えた。

刀身の湾曲した……ナイフ？　刀？　よく見えないが、絶対に触れてはいけないものだ。

身をよじって武器をかわす。斥力ガントレットがあればと悔やまれるが、今の空々梨は丸腰だ。

視界を妨害する霞が一瞬薄れて、白いプロテクターで身を固めた人型のシルエットがちらりと目に映った。

ふたたび戻った霞のヴェールの中から、昆虫の羽のような振動音を立てて、無数の手裏剣のような武器が放たれた。

咄嗟に身を伏せた頭上を、手裏剣の群れが嫌な音を立てながら空気を裂いていった。

「あっ」

背後でちよの声が上がった。

振り返った空々梨は、そこで見たものに凍り付いた。

呆然とした顔で立ち尽くすちよ。

その身体は、何箇所も、小さな白い花に覆われていた。

現実テクスチャリングの、白い花に。

ちよの手から、食べかけのソフトクリームが落ちて、地面で潰れた。

「あ……れ？」

のろのろと自分の身体を見下ろしたちよが、かくりと膝を突き、白い花びらを撒き散らしながら、ゆっくりと横ざまに倒れ込んだ。

目にした光景の衝撃で動けない空々梨に、シルクドッグが襲いかかり、足を払って地面に押し倒した。硬いアスファルトで背中を打って息が詰まる。

刃物の切っ先が、顎の下にぴたりと突きつけられる。

「クー・クブリス」

白い霞の中から低い声が聞こえた。

「K《キル》／D《デス》比を修正に来たぞ」

「な……に……？」

シルクドッグが抑えた笑いを洩らした。

「手こずらせてくれたが、これで終わりだ」

やられる――！

そう確信した瞬間、強い風が吹いて、シルクドッグの霞が大きく揺らいだ。

「む……？」

シルクドッグの注意が逸れた一瞬、空々梨は咄嗟に、喉元の刃を払い除けた。

払った刃が深々とアスファルトに突き立つ。その隙にごろごろと転がって距離を取った。

シルクドッグは追撃してこない。

「これは……まさか……？」

呟く声が聞こえてきた。

地面が震える。

空間そのものが、軋んでいる。

ちよを中心にした何もかもが、ゆっくりと、歪み始めているようだった。

空々梨は戦慄と共に悟る。

ブラックホールだ。

ちよが負傷したことで、体内のブラックホールの状態が不安定になりつつあるのだ。

空々梨がそれに気付いたのと同時に、シルクドッグの気配が消えた。

同じ結論に達して、逃げ出したのか。

しかし、そんなことに構ってはいられなかった。

空々梨は身を起こすと、花びらの渦巻く中で、倒れたちよに這い寄った。

「くー……ちゃん」

ちよはまだ意識があった。あの手裏剣のような武器を身体中に受けて、手足も、胸も、腹も、どこもかしこも花びらにまみれていた。

片手を伸ばして、ちよは空々梨の頬に触る。

「ごめん……ね。ソフト……クリーム……、買って、もらったのに、落とし、ちゃって……」

「いいよ、そんなの」

頬に触れた手は驚くほど冷たくなっていた。空々梨はそこに、自分の手を重ねる。

「また買ってあげる」

「なんか、ね、変なの……お腹の中、空っぽで、すごく、空っぽで、寒くて……」

空々梨はちよの腹部に目をやってぎょっとする。

白い花びらが濃密に渦巻く中、青い光が、檻のようにも見える立体的な構造を形作っている。

その中心に、無があった。

虚無だ。

直視しようとすると、その視線すら吸い込まれる。それほどの、虚無そのものだ。

痺れるような認識がやってきた。

空々梨は今、生のブラックホールを目にしているのだ。

とぎれとぎれに、ちよが言葉を絞り出す。

「あれ……？　あたし、言いたかった、こと、くーちゃんに、言えたんだっけ……？」

「まだ聞いてない」

答える声が喉でかすれた。大声で言い直す。

「まだ聞いてない！　だから、ちよ、だから――」

だから――死なないで。

しかし、ちよの目からは急速に生気が失われていった。

「ちよ！」

返事はなかった。

路面に広がりゆく一面の花畑の中に座り込んで、空々梨はちよの死にゆく様を、なすすべなく見守っていた。

「クー・クブリス！」

鋭い声に、はっと顔を上げる。

険しい顔の菫が、わふれむを引き連れて、空中に現れた光る戸口《ポータル》を抜けてきた。

「深刻な重力異常を検知したぞ！　今度は何をやらかして――」

倒れたちよと、渦巻く花びらの中心にあるものを目にして、菫の言葉は途切れた。

「これは――⁉」

「重力特異点！」

わふれむがつかつかと進み出て、真剣な表情でちよの腹部を覗き込んだ。

「間違いない、ブラックホールだね。これは……数学素材《マスマテリアル》の事象ケージでバインドされてる……？　見たことのないテクノロジー……だけど、崩壊しつつある。このままだと……」

ぶつぶつと呟いてから、菫を振り返った。

「菫、危険です。あと数分で事象ケージが崩壊して、重力特異点が曝露します。このサイズだと地球中心核まで落ちた後、短時間で惑星を食い潰すでしょう」

　これまでの気だるげな調子とはまったく違う、きびきびとした口調だった。

　わふれむの言葉を聞くと、菫はすぐさま命令を発した。

「停滞《ステイシス》フィールドで宿主ごと隔離しろ」

「すぐに。〈石棺《サルコファガス》〉を準備します」

　わふれむが立ち上がり、スマホをいじると、その身体が一瞬で消え失せた。わふれむのいた場所に、どっと空気が流れ込む。

　菫が空々梨に向き直った。

「クー、状況を説明しろ」

「シルクドッグに襲われた……！　流れ弾を受けて、ちよが……」

「それは見ればわかる。このブラックホールは何だ？」

　空々梨は首を横に振る。

「知らない。ちよの身体の中にあったみたい。ヌル香によれば、私が――つまり、クー・クブリスだったときの私が世界線混淆機《ワールドシャッフラー》を動かしたときにそうなったらしい」

　菫は眉根を寄せて考え込んだ。

「〈ビッグ・シャッフル〉でそんなことが？　制御されたブラックホールが人間の体内に

潜り込むなんてことが起こり得るのか？　いくら何でも常軌を逸している。どんなに遠い並行世界と繋がったとしても……」

「そんなことより、ちよを助けてよ！」

空々梨が叫ぶと、菫は驚いた顔になった。

「何かあるんでしょ？　致命傷でも治すようなテクノロジーが――」

「クー・クブリス、残念だけど、これは無理だよ」

ふたたび虚空からポンと姿を現して、わふれむが言った。

たくさんのケーブルが這い回る、差し渡し二メートルはありそうなばかでかい機械を両手でぶら下げている。

「よっと」

機械を置くと、その重さで地面が揺れた。

「無理って、どういうこと。どうせあんたらのことだから、地球の技術レベルを超えた医療機器の一つや二つくらい持ってるでしょ!?」

「あるよ。でもこの娘には使えない。彼女の存在は、ブラックホールの時空構造と密接に繋がってる。どういうわけで人間がブラックホールの〝容れ物〟になったのかは見当も付かないけどね。いずれにせよ、今まで彼女の体内でブラックホールは安定していた。でも、シルクドッグの攻撃でそのバランスが破壊されてしまったんだ」

機械のケーブルをつなぎ、手早くスイッチを入れながらわふれむは続けた。

「一旦こうなってしまった以上、ブラックホールは解放されてしまう。それを防ぐには、事象ケージの崩壊をできるだけ引き延ばすしかない」

わふれむは機械の上蓋に手を掛けて、一気に持ち上げた。中には棺桶を思わせる、ちょうど人間が一人収まるくらいのスペースがあった。

「この〈石棺《サルコファガス》〉の停滞《ステイシス》フィールドで、ブラックホールを宿主ごと封じ込める」

「ちよはどうなる？」

「このままだよ」

「このままって？」

「文字通りの意味で、このままだよ。停滞《ステイシス》フィールドの中では、時間の進みがゼロに限りなく近くなるから。宿主の死亡直後で、かろうじて安定している今の状態が、半永久的に保存される。そうすれば、ブラックホールが惑星上で曝露する事態は回避できる」

「……駄目！」

空々梨はわふれむとちよの間に立ちふさがった。

「そんなの駄目だよ。ちよをこんな状態のまま封印するなんてあり得ない。治す方法があるはず。まずそれを持ってきて」

「そんなことをしている余裕はない！」

大声を上げたのは菫だった。

「ブラックホールの事象ケージはいつ崩壊するかわからないぞ。そこをどけ、クー・クブリス。わふれむの邪魔をするな」

「待って……ちょっと待って」

動揺をむりやり押さえつけて、空々梨は必死で頭を回転させる。

「わふれむ、ちよを蘇生させられたらどうなる？　傷を治した場合は元に戻らないの？」

「すべてうまくいったと仮定するよ。事象ケージ崩壊より早くこの娘の傷を癒すことができて、崩壊しかけたケージもバランスを取り戻し、彼女の体内にまた元通りブラックホールが治まったとする。だけど、その場合も、いつ暴走するかわからない巨大な重力特異点を、彼女は体内に抱え続けることになる。あなたはそれを放置できる？」

「それは……」

空々梨を見上げて、菫がわふれむの後を続けた。

「惑星上に出現したブラックホールは、隕石衝突以上の脅威だ。隕石はせいぜい文明と生命を焼き払うだけだが、大質量のブラックホールは惑星そのものを飲み込んでしまう。どちらにしても、見過ごすわけにはいかない。命令だ、クー・クブリス。今すぐそこをどけ」

空々梨は何も言えずに立ち尽くした。

感情的な反論の言葉はいくらでも出てくる。

駄目だ。ちよをこのままにするなんて――死なせたままにするなんて、絶対に駄目だ。

しかし、菫とわふれむを説得する材料を、今の空々梨は何一つ持ち合わせていない。

だったら、実力行使？　ちよを抱えてこの場から逃げる？　まさか。そんな稚拙な手段が通じる相手ではない。ヌル香の庇護がない今、この超テクノロジーを操る二人にどうやって反抗するというのか。第一、わふれむの言葉が本当だとしたら、地球は隕石よりもっと差し迫った危機に直面しているのだ。

「…………わかった」

とうとう、空々梨は言った。

「だけど、私にやらせて。せめて、私の手で――」

少し躊躇ってから、菫は黙って頷いた。

空々梨は地面に膝を突いて、ちよの身体を抱き上げた。

抱き上げた身体は軽いはずなのに、水の詰まった袋のようにぐったりと重い。

花びらがさらさらと音を立てて腕を伝い下りていく。〈石棺《サルコファガス》〉の中にちよをそっと降ろすと、その身体は空中で止まった。淡い光で満たされたバスタブに浮かんでいるような眺めだった。

現実テクスチャリングの花びらも、青い光の檻に囲まれたブラックホールも、宙に浮いたままぴたりと動かなくなる。

停滞《ステイシス》フィールドの、極限まで引き延ばされた時間の中で、ちよは眠っているように見えた。

――ごめんね、巻き込んで。

熱くなっていた頭の中が、冷えていく。

――すぐに出してあげるからね。少しだけ、待ってて。

冷えて、硬く、研ぎ澄まされていく。

怒り、悲しみ、後悔、罪悪感――渦巻くそれらを置き去りにして、ちよを救うために何ができるか、何をすべきか、それだけを追い求める獣のように、空々梨の心のどこかが確実に組み換わっていく。

ちよの顔を見ながら、空々梨は頭の中で、遠く言葉を投げかけた。

（ヌル香、聞こえる？　戻って来て。頼みがあるの）

第四章

1

「かわいそうに。クーが頼りないばかりに、巻き込まれて、死んでしまって」

〈石棺《サルコファガス》〉を見下ろして、ヌル香は淡々と言った。

オフ会用の華やかなショートドレス姿は、ちよを彩る花びらと、不思議に似合っていた。〈偵察部〉の部室である。会議用テーブルと折りたたみ椅子しかなかった部室の真ん中に、今は〈石棺《サルコファガス》〉が据えられている。床にはケーブルが這い回り、発電機か冷却器か、石棺《サルコファガス》に繋がれた謎の機械があちこちで唸りを上げている。わふれむが機械の面倒を見ている間、菫は椅子にちょこんと座って、じっと空々梨とヌル香を見ていた。

空々梨に向き直ってヌル香は訊ねる。

「それで、頼みとはなんですか？」

「ちよを助けたい。力を貸して」

「そうだと思いました。しかし、わふれむの話によれば、停滞《ステイシス》フィールドから出すのはあまりにも危険です。ちよそのものが脅威であることが明らかになった以上、ブラックホールを無力化しないことには、〝ちよを助ける〟ことは不可能です」

「わかってる。だから、この現実を変えるために世界線混淆機《ワールドシャッフラー》を使う」

「そうだと思いました」

ヌル香は眉一つ動かさない。

「しかし、それも現状では難しいです。エネルギーが圧倒的に足りません」

「エネルギー？」

「ブラックホールという超大質量の存在に干渉するために必要なエネルギー量は天文学的です。世界線混淆機《ワールドシャッフラー》から取り出せるエネルギーでも足りません。ウグルク人の船から拝借した分も、半分は使い切りました。残りを全部使っても、せいぜい似たような世界線間を混淆するくらいしかできません」

「近い世界線なら、ちよが無傷の世界線にすることはできるんじゃない？」

「選択的な世界線混淆は難しいですし、せいぜい変化の方向性を誘導することができるくらいです。そもそも、世界線混淆機《ワールドシャッフラー》はそこまで便利に使えるものではありません。世界と世界を混ぜるわけですから、個人に焦点を絞るなんて、とてもとても」

「そうか……」

考え込む空々梨に向かって、しばらく黙っていた菫が口を開いた。

「諦めろ、クー・クブリス。最優先目標はお前の記憶の回復、その次は隕石の対処だ。幸いブラックホールは停滞《ステイシス》フィールドに封印できた。彼女は気の毒だが、諦めるしかないだろう」

「そんなに簡単に言わないでよ！」

「時計の針は巻き戻せないんだ、クー・クブリス。私にもやり直したい過去はある。だが、無理なんだ」

「小学生の口からそういう言葉が出ると、どういう顔をしていいかわかりませんね」

「小学生じゃないっ！　私は上司だ！　部長だ！　偉いんだぞ！」

無表情なヌル香にコメントされて、菫が激昂した。

「菫ちゃんはかわいいです！」

すかさずわふれむがフォローする。

ついに耐えきれなくなったか、菫が立ち上がって両腕を振り上げた。

「どいつもこいつも！　私をコケにするのもいい加減にしろおっ！」

「ご機嫌斜めですね」

「かわいいです」

「ギギギ……」

歯軋りする菫の眼前に、わふれむがすっと何かを差し出した。

「まあまあ、菫ちゃん。これでもどうぞ」

わふれむが持っているのはマカロンの箱だった。

斥力ガントレットを作るための買い物で買った品によく似ている。

そういえばあのマカロンはどこに消えたのだろう。部品として使った記憶もないけど。

菫は箱の中に並ぶ色とりどりのマカロンを憤然と睨みつけた。

「こんなもので私を――」

手を伸ばして、迷い、ライムグリーンを手に取った。

「――私を、懐柔しようと――」

そのまま口に持っていって、さくっと齧る。

「おいしいですか、菫ちゃん？」

「――ん？　うん」

「ライムグリーンはピスタチオ味かな。クリームついてますよ、菫ちゃん」

「ん」

菫はストンと椅子に座ると、すっかりおとなしくなって、マカロンを大事そうに少しずつ齧っている。

「待てよ」

あることに思い当たって、空々梨は顔を上げた。

「……巻き戻せるよね、時計の針」

「どうしました、クー？」

「ヌル香。最初に隕石が降ってきたとき、時間を遡ったよね？」

「はい。三日だけですが」

「今から、ちよが死ぬ前の時間に戻れる？」

「それくらいなら可能です。それでエネルギー残量をすべて使い切りますが」

「それでいい。今すぐやって」

「なんだと!?」

二個目のストロベリー味をもぐもぐ食べていた菫が血相を変えて、もう一度立ち上がった。さすがに甘いものではごまかしきれなかったようだ。

「待て、クー・クブリス。一人のために時間そのものを危険に晒すのか」

「悪いけど、止めても無駄だよ」

空々梨はもう気持ちを固めていた。

「私のせいでちよは死んだ。やれることは全部やる。邪魔はさせない」

「わ、わふれむ、クー・クブリスを無力化しろ！」

「えー、私が？　戦闘苦手なんだけどな……」

そう言いながら、わふれむが白衣の懐に手を突っ込み、白とオレンジに塗り分けられた凶悪な外見のハイテク銃器めいたものをずるずると取り出した。

「ヌル香、お願い！」

「わかりました。残りのエネルギーで可能な限り過去へ時間跳躍します。予期しないタイムパラドックスにご注意ください」

ヌル香が踵を、カツンと打ち合わせた途端、足元から床が消え失せた。

2

気がつくと、空々梨は見知らぬ通路に立っていた。

状況がわからなくなって、ついキョロキョロしてしまう。

学校や役所を思わせる、飾り気のない通路だった。窓はない。前を見ても後ろを見ても、天井の蛍光灯が延々と続いている。

隣にショートドレス姿のヌル香が立っていた。空々梨と同じように辺りを見回している。

「ここ、どこ……というか、いつ？　どれだけ時間を遡ったの？」

「きっかり六〇分遡ったはずなのですが……」

珍しくヌル香の歯切れが悪かった。

「どうしたの？」

「今がいつだか、わかりません。私の内部時計が停止しているみたいです」

報告するヌル香は無表情だったが、よく見ると目が泳いでいた。動揺しているようだ。

「あり得ない……と言いたいところですが、事実として時計が機能していません。ゆゆしき事態です。もう、あなたの船としての役割が務まらないかもしれません」

「時計くらい止まることもあるんじゃない？」

「クー、人間の形を取ってこそいますが、私は偵察船《レコシップ》のＡＩですよ。私くらい複雑なシステムの時計が機能しなかったら、何もかもめちゃめちゃになります。しょ……」

「しょ？」

「……初期化をお願いしなければならないかも……しれません……」

思い詰めたような口調に、空々梨は目をぱちくりさせる。

「大丈夫？」

「大丈夫なわけないでしょう？」

時計が止まったくらいで何をそんなに動揺しているのか、空々梨にはさっぱりわからない。

「まあ、いいよ。それより状況を把握しよう」

空々梨が歩き出すと、立ちすくんでいたヌル香も、後からついてきた。

いつものように空々梨をからかわず、やけにおとなしいので、かえって落ち着かない。

どちらに行けばいいのか、手がかりもなかったので、当てずっぽうに一方を選んだ。

途中で何度も分かれ道に遭遇したが、迷子になりたくなかったので、ひたすらまっすぐ進む。

やがて、通路は扉に突き当たって行き止まりになった。

これもまた特徴のない扉で、鍵穴もない、のっぺりしたドアノブだけがついている。

ノブを握って引き開けてみると、小さなオフィスに出た。

書類が山と積まれた安っぽいデスクから、男が顔を上げた。

くたびれたYシャツから緩んだネクタイをぶら下げ、眼鏡をかけたその男は、入って来た空々梨を目にすると、血相を変えて立ち上がった。

「またおまえか！」

見覚えのない男の口から出た第一声がそれだった。

「え、ええっ？　あんた誰？」

面食らう空々梨を睨み付けて、男はデスクを回って近づいてきた。

ベルトから拳銃と、革のパスケースのようなものを取って、両方を空々梨に突きつける。

「時間警察だ！　クー・クブリス、これで何度目かわからんが、みだりに時間を遡って恋人を救おうと企てた罪の現行犯で逮捕する！」

革のケースの中には、時間警察のバッジが入っていた。

「待ってください、ということは……」

背後のヌル香が急に勢いづいて口を挟んだ。

「……ここは、交叉時点《クロスホエン》！」

「なにそれ？」

「時間の流れから独立した、いつでもない時間です。だから内部時計が止まってたんですよ！　ここでは時間が流れてませんから！」

「いつでもない……？　意味がよく……」

「クーにはちょっと難しかったですね。理解力がないことを気に病まなくてもいいんですよ」

元気になったと思ったら、いつもの調子も戻ってきた。

「理解力がなくて悪いんだけど、初期化ってのはしなくていいってこと？」

「は!?　なんてこと言うんですか、クー！　この人殺し！　機械殺し！」

言うだけ言って、ヌル香は空々梨の前にずいと出た。

「時間警察だかなんだか知りませんが、邪魔をしないでください。こんなところで時間を無駄にしていられないんです」

「その心配は必要ない。ここには時間がないからな」

男が歪んだ笑みを浮かべるが、ヌル香はにこりともしなかった。

「うまいこと言ったつもりですか？」

男が顔を赤らめる。

「う、うるさいぞ、時間犯罪者め！　おとなしくしろ！　私は時間遡航恋人救出防止係官だぞ！」

恥ずかしさをごまかすように、男は喚いた。

「……なんて？」

空々梨は思わず聞き返す。

「時間遡航、恋人救出、防止係官、だ」

今度はゆっくり言い直した。


時間犯罪者の八割は、過去に戻って死んだ恋人を救おうとする時間旅行者だ。そのほとんどは失敗する。失敗しては何度もやり直し、局所的な時間流を混乱させる。

この手の時間犯罪があまりにも多いので、時間遡航恋人救出防止係官の役職が設けられた／設けられるのだ。

係官の役目は、過去に戻って死んだ恋人を救おうとする時間旅行者を交叉時点で阻止し、時間監獄に永久にぶち込むことで、時間流を維持することだ。

どういうわけか、この役職に就いた者は、馬に蹴られて死ぬ場合が多いことが知られている。

「私はこの交叉時点における全権を委任されている。抵抗は無駄だぞ」

係官が顎をそびやかして、拳銃でヌル香と空々梨を交互に指した。地球の銃とは似ても似つかないが、銃口と引き金があるので、銃器には間違いないだろう。

ヌル香が眉をひそめる。

「全権というのは、こんなところで一人お山の大将を気取る権利ですか」

「だ、黙れ！　おまえらのような犯罪者に何がわかる！」

係官は真っ赤になって銃を振り回した。ヌル香と口喧嘩する不利を悟ったのか、八つ当たり気味に空々梨を睨み付ける。

「だいたいだな、クー・クブリス！　毎回種族も性別も年齢も違いやがって、非常識な奴め！　一体、何度恋人を救えば気が済むんだ！」

「いや、私、あんたと会うのは初めてだけど……」

「じゃあこれから会うんだろ。とにかくおまえは、ここからいつへも行けない。抵抗すると撃つ！　じっとしていろ、いいな？」

指が引き金に掛かりっぱなしだ。銃口がふらふらしていて危なっかしいので、つい空々梨は口を出した。

「ちょっと、ヌル香に銃を向けないで——」

「動くなっ！」

踏み出した空々梨に銃口が向けられた拍子に、引き金が引かれた。

「うっ……ぐ」

「クー！」

全身が麻痺して、空々梨はその場にくたくたとくずおれた。

「じっとしてろって言ったろ⁉」

係官の上ずった声を聞きながら、空々梨は速やかに意識を失った。


けたたましい音を立てて、檻の扉が閉ざされた。

「これでおまえも終わりだ。交叉時点に時間はない――つまり刑期という概念も存在しない！　おまえはここで永久に囚われの身だ、クー・クブリス」

檻の格子越しにさんざん嘲笑って、係官は去っていった。

「無闇に武器を振り回すわ、牢屋に入れてから挑発するわ、つくづくしょうもない奴ですね」

ヌル香がぼそりと呟き、膝枕した空々梨を見下ろした。

「麻痺は解けましたか、クー？」

「うう、たぶん。もうだいじょうぶ」

歯医者の麻酔が覚めかけているときのように、口をむにゃむにゃさせながら空々梨は答えた。

「まったくもう。麻痺銃じゃなかったら死んでましたよ、クー。どうして銃を持ってる相手をわざわざ刺激したんです？　投獄されちゃったじゃないですか。ちよを助けるんじゃなかったんですか？　こんなところでもたもたしている場合ではないでしょう」

「銃がヌル香の方を向いてたから、ヤバいと思ってつい……」

ヌル香がまじまじと空々梨の顔を見た。

「……そうですか」

「何よ？」

「クーがそれでいいと思うんなら、いいんじゃないですか」

ヌル香が顔を背けて、そっけなく答えた。

そのとき、檻の奥から、低い声が聞こえた。

「新入りかい？」

ヌル香が素早く脚を引いたので、空々梨の頭が冷たい床にゴチンとぶち当たった。

「ぐおお……っ」

頭を押さえて悶絶しながらも、どうにかこうにか身体を起こす。

目を凝らすと、檻の中にはたくさんの人影があった。

老若男女、人間ではない種族もいるが、皆ただならぬ焦燥感を発している。

「……あなたたちは？」

「みんなあの係官に捕まったんだよ。死んだ恋人を救おうと過去に飛んだのさ」

白衣に無精髭の、学者然とした男が答えた。

「俺は嫁の巻き込まれた事故を食い止めようとタイムマシンを発明して、最初の試運転でここへ来ちまった。……寝不足で運転したのがよくなかったのかねえ」

「あたしは、走って転べばタイムスリップできることに気付いて、やってみたんだけど」

制服の女子高生がしょんぼりと言った。

「もう一回逢いたいだけなのになあ。これって、二度と出られないくらい悪いことだったのかなあ」

「我は、寝ぼけてうっかり食べてしまってな」

檻の隅にうずくまった大きな影が、虚ろな声で言った。

「かわいそうなことをしたので、体内の時間を逆行させて、吐き戻そうとしたのだが、こんなところに来てしまった」

僕は、私は――と、檻の中のあちこちから声が上がった。

素性こそさまざまだが、投獄された理由は同じだった。

「あの係官、仕事熱心ではあるようですね」

ヌル香が呆れたように言った。白衣の学者が頷く。

「厄介なことにね。規則に書かれていればどんなこともやってしまえるタイプだ」

「よくあることですね。ところで、何をキョロキョロしてるんです、クー？」

クーの様子を見とがめて、ヌル香が訊ねた。

「さっきあの人、私を何度も逮捕したって言ってたじゃない？」

「あるいはこれから逮捕するか、ですね。それが？」

「檻の中に自分がいないかと思って」

「いるわけないですよ」

「どうして？」

「クー・クブリスが囚われたままでいるはずがありません」

ヌル香は断言した。

「どんな状況でも、なんとかして脱出します。それがクー・クブリスです」

「でも、今どうすればいいか見当も付かないんだけど」

「大丈夫です。クー・クブリスはときどき役立たずですが、有能な偵察船《レコシップ》が付いてますから」

そう言って、ヌル香はパチンと指を鳴らした。

ジーッ、と電子音がしたかと思うと、檻の扉のロックが解除され、ひとりでに扉が開いた。

「あ……？　お……？」

あまりにもあっけなく開いたので、驚くタイミングを逃した。

「なんですか、その気の抜けた反応は」

ヌル香がつまらなそうに言った。

「劇的なBGMでも鳴らせばよかったですか？」

「いや。その……ありがとう。確かにヌル香は有能な偵察船《レコシップ》みたいだね」

「みたいだ、じゃなくて、有能なんですよ。——せっかくだから、皆さんで逃げましょうか」

無表情のまま、少し得意げに、ヌル香が言った。

脱獄した時間犯罪者の群れがオフィスに雪崩れ込むと、時間遡航恋人救出防止係官は驚愕のあまり椅子ごとひっくり返った。

「な、何のつもりだ！　こんなことをしてタダで済むと思っているのか！」

白衣に無精髭の学者が、首を横に振った。

「我々はみんな、タダでは済まないようなことをしようとしたからここにいるんだよ、係官」

「こ、後悔するぞ！」

「後悔なんて、とっくにしてるのよ」

制服の女子高生が静かに言った。

恋人（?）を食べてしまったという大きな生き物が、床にへたり込んだ係官にのしかかって押さえつける。この生き物は、明るいところに出てもやっぱり姿がよくわからなかった。

「うわっ、やめろ！　やめて！　殺さないで！　食べないで！　ひぃーっ！」

「我はおまえなど食いたくない。大人しくしていろ」

空々梨はヌル香と一緒に、係官のデスクの上を引っ掻き回していた。

「あった！　これだ！」

探していたファイルを引っ張り出すと、書類の山が崩れ落ちて床一面に散らばった。

ファイルの中には、投獄されていた囚人全員の情報が綴じ込まれている。

どんな事情で恋人を失ったか。どうやって時間を遡ろうとしたか。いつから来て、いつへ行こうとしていたのか。そして、オフィスの外のどの通路を行けば、求める時間に行き着けるのかが記されていた。

「どうしてこんな情報があるってわかったの？」

不思議に思って訊ねる空々梨に、ヌル香は目線で床の係官を示す。

「こんな場所に一人では、ペーパーワークしかやることがないでしょうから。書類を見ればだいたい書いてあると思ったんです。律儀な人みたいでしたし」

「畜生。大事な仕事を邪魔しやがって……」

押さえ込まれた係官が恨めしげに呻く。

それを見下ろしながら、ヌル香が言った。

「大切な相手を救うために時間を超える人たちを邪魔するなんて、そんなのが大事な仕事であるわけがないでしょう？」

「馬鹿な。個人の感傷で時間をかき乱すなど、許されるはずがない……！」

なおも抗弁しようとする係官のそばに、女子高生がしゃがみ込んで、そっと言葉をかけた。

「いつかあなたも、それくらい大切な人を見つけられるといいね」

残酷なコメントに係官が絶句している間に、白衣の学者がオフィスの扉を開けた。

「さあ、ここを出よう。いつでもない時間で、ずいぶん無駄な足止めを食った」

時間犯罪者たちは次々に扉を抜けて、様々な時間へと通じる外の通路に出て行った。

男も、女も、人間も、人間ではない生き物も。

最後に残った学者が、振り返って言った。

「助けてくれてありがとう。君たちも愛する人を救えるよう、幸運を祈るよ」

空々梨は頷いた。

「皆さんも」

「では、またいつか」

足早に通路を遠ざかる学者の後ろ姿は、幾つ目かの角を曲がって消えた。

「私たちも行こう」

「そうですね、クー」

「……憶えていろよ、クー・クブリス」

オフィスを去ろうとする背中に、係官の声が掛かった。

武装解除された係官は、書類の撒き散らされた床に、ふてくされた顔で座っている。

「時間警察を甘く見ない方がいいぞ。追手が掛かるのを楽しみにしてろ」

「捨て台詞にも人品が出るものですね。クーも気をつけてください」

取り合わないヌル香に、係官はひねくれた笑みを向けた。

「知ってるぞ。おまえら、世界線混淆機《ワールドシャッフラー》を濫用してるだろ」

「……それがどうかしました？」

「時間警察だけじゃない。空間警察もおまえらに目を付けてる。他にも虚数警察、光速度警察、状態ベクトル警察……各次元軸を管轄する警察が、クー・クブリスと〈ヌルポイント〉を監視してるんだ。逃げられると思うなよ」

「他の組織の名前を出してすごまれても困りますね。さっさと行きましょう、クー」

ヌル香に背中を押されて、空々梨は歩き出した。

オフィスを後にして、通路をしばらく進んでから、空々梨は小声で訊ねた。

「あいつの脅し文句、私にはよくわからなかったんだけど、ヤバいの？」

ヌル香は肩越しに後ろを振り返って、同じく小声で答えた。

「いえ。高次元軸の警察は管轄違いで連携できない上に、何をやっているのか他の次元軸の住人にはさっぱりわからないので、実質的に脅威ではありません。彼の捨て台詞は悔し紛れでしょう。ただ——」

「ただ？」

「あの係官、私が世界線混淆機《ワールドシャッフラー》を何度も使っていることを知っていました。監視されていることは事実かもしれません。宇宙が今の姿になる前から監視されていたとしたら、ちょっと嫌ですね。あ、そこを右です」

ヌル香のナビゲートに従って、特徴のない通路を歩いていく。

来た道を振り返ると、馬の群れが蹄を鳴らして横切っていった。

――馬？

空々梨は意表を突かれて目を瞬く。

「何やってるんですか。迷子になりますよ」

ヌル香に言われて、慌てて追いかける。

「そうだ、これ持ってきちゃったけど、よかったかな」

係官を武装解除したときに奪った麻痺銃を、そのまま持ってきてしまった。

ヌル香はちらりと見て言った。

「持ってきてよかったかどうかについてはコメントを避けますが、一つ指摘させてもらうなら、少なくとも次は窃盗罪でぶち込まれるでしょうね」

「……あいつにはもう遭わない方がよさそうだね」

「私ならそう努めますね」

やがて通路は再び扉に突き当たった。

空々梨はドアノブを回して扉を引き開け、過去の時間へと踏み込んだ。

3

扉を抜けると、そこは見慣れた学校の廊下だった。

振り返ると、出てきた扉は影も形もない。

「いま何時!?」

「一五時五〇分です」

空々梨は昇降口に走り、自分の下駄箱を開けた。中には内履きしか入っていない。

「あれ？　私の靴は……？」

足許を見下ろすと、まだ学校の中なのに、既に外靴を履いている。

「ヌル香。前回、隕石衝突から三日遡ったときは、私は過去の自分本人になってたよね？」

「はい。あのときは世界ができたてほやほやで、まだ細部が確定していなかったので、なんとか面倒のない形で時間遡航できたのですが、今回はより条件が厳しいです。この時間には、あなたとは別に、この時間のクーが存在します」

「えっ……私がもう一人いるってこと？」

「はい。この時間のクーは、ちよと一緒に、もう学校を出ていますね」

「急ごう。ちよのペースでとろとろ歩いてたから追いつけるとは思うけど、襲撃される前に止めなきゃ」

空々梨とヌル香は駆け出した。

校庭を突っ切り、校門を抜ける。いつもとは違う道を通ったので微妙に道順があやふやだ。記憶を辿って、この時間の自分を追いかける。

「追いついて、どうするんです、クー？」

「あのコンビニを出たところで襲われることはわかってるから、なんとか道を変えさせないと」

「こんなときに何ですが、タイムパラドックスって知ってますか？」

空々梨は少し考えてから言った。

「よく知らない気がする」

「だと思いました」

「だったら訊かないでよ！」

「考えるフリくらいはさせてあげた方がいいかと思ったので」

空々梨の後について走りながら、ヌル香は説明を始めた。

「過去を改変しようとする人のほとんどは、これのせいで失敗するんです。時間の流れはかなり強固で、未来に起こる出来事と、矛盾する行動を取ろうとすると、何らかの邪魔が入ります」

「それじゃ、もうちよを助けられないってこと？」

「いえ、手はあります。この後起きる出来事は、あくまでクーの、主観によるものです。それと矛盾しないように、過去を改変すれば、いいんです」

走りながらなので、ヌル香の説明も息切れしている。

「矛盾しないようにって？」

「はあ、はあ、こ、この時間のクーを、便宜上、クー・ビフォーとします。ビフォーの主観では、ちよは、シルクドッグに撃たれて、死んだことになってます。その認識を変えるのは難しいので、ビフォーはちよが、死んだと思いこんでいたが、実は撃たれてなかった、死んでなかった、という方向に、持っていきましょう。そうすれば、矛盾なく、過去が改変、できるはずです」

「実は撃たれてなかったことにする？　ビフォーの私に気付かれないように……？」

あのときのことを思い出すと、懐疑的にならざるを得ない。

「そんなこと、可能かな……？」

「はあ、はあ、た、例えば、こういうプランはどうでしょう。クーが——つまりクー・アフターであるあなたが、シルクドッグのフリをして、ビフォーとちよを襲撃し、麻痺銃でちよを撃って、白い花を、わさわさ、ふ、振りかける……」

「自分で言ってて無理があると思ったでしょ！　前半はともかく、白い花なんて気付かれずにどう振りかけろっての？」

クーの突っ込みに返事は帰ってこなかった。

「だいたい、あのブラックホールはどうすればいいの。私も見たし、〈偵察部〉の二人も見てる。わふれむなんて専門家でしょ、とてもごまかせないって……ヌル香？」

後ろの気配がなくなったので、空々梨は振り返った。

ヌル香は空々梨よりだいぶ遅れて、よろよろ走っていた。

「はあ、はあ、ぜえ、はあ、はあ」

「ど、どうしたの？」

「げほっ、はあ、はあ、クー、はあ、速いです」

よろめきながらも追いついてきたヌル香は、電柱に手を突いて、なんとかそれだけ喋った。

「喋りながら、走ると、疲れますね。やっぱり、この身体、不便です」

「息切れすぎでしょ……運動不足なんじゃない？」

「超光速で、銀河を駆ける、この私が、っはあ、運動不足とは、言ってくれますね」

「落ち着いてからにしてよ」

「ゆっくりしても、いられないでしょう」

ヌル香はなんとか息を整えて、身体を起こした。

「何を立ち止まってるんです。早く行きましょう。考えてみれば、話したければテレパシーで伝えればよかったんです」

「……また忘れてた？」

「やっぱりこの身体、不便です。いいから早く行ってください」

ヌル香に促されて、クーは再び走り出した。

その脳内に、ヌル香の声が響き渡る。さっきの姿が嘘のように冷静な声だった。

（もう一つ伝えなければならない危険要素があります。タイムパラドックスです）

（さっきも言ってたよね。具体的にはどういうこと？）

（ある種の行動は時間に極端な負荷を掛けます。いわば時間の脆弱性《ぜいじゃくせい》、セキュリティホールですね。一番ありがちなのが、過去の自分と未来の自分が顔を合わせてしまうことです。顔を合わせても、どちらか一方が気付かないならいいのですが、自分に出遭っているとお互いに認識したらアウトです）

（認識したら、どうなるの？）

（時間がクラッシュします。そうなったら、もうどこにも行けません。絶対に避けてください）

意味はよくわからないが、とにかくヤバいということだけは伝わった。

――要するに、過去の自分に見つからず、未来の自分の認識と矛盾しないように行動すればいいんだ。

空々梨の中にはもうプランが出来上がっていた。

麻痺銃でクー・ビフォーを撃って意識を失わせて、その間にちよを助ける。

つまり、あれは夢だったということに話をまとめるのだ。

（プランと言えるようなプランじゃないですね）

ヌル香が呆れたようにコメントした。

(凝ったことをしてる時間はないでしょ)

(まあ、クーの大雑把さから考えれば、もしかすると、すごく奇跡的に、天文学的にレアな確率で、うまくいくかもしれませんね)

ヌル香の思念からは、まったく信じていないということだけは伝わってきた。

ソフトクリームを買ったコンビニに到着する。

駐車場の端から背伸びして店内を見回すと――

(いた！)

レジカウンターの端、ソフトクリームマシンを前にして会話しているのは、自分とちよだ。

生きて元気に動いているちよを再び目にすることができた感動も大きかったが、自分を見るのはとても変な気分だった。

録音した自分の声を聞くと違和感があるように、自分で自分の顔を見ても違和感がある。

今の空々梨から見ると、過去の自分はいかにものんきな、緊張感のない女に思えた。

いや、のんびり観察している場合ではない。このコンビニを出たらすぐに、シルクドッグが襲ってくるのだ。

コンビニの角に身を隠して様子をうかがっていると、自動ドアが開いて、二人が外に出てきた。

うまい具合にちよが先行している。今のうちにクー・ビフォーを気絶させて、代わりに入れ替われば、別の道に誘導することも可能だろう。

バニラソフトを持ったビフォーの背中に、麻痺銃を向ける。

次の瞬間、ビフォーが素早く振り返った。

二人の空々梨の、目が合った。

「あっ……」

「えっ……？」

ビフォーが驚愕に目を見開いた。

「え、私……？」

ビフォーの手にしたバニラソフトが、コーンからこぼれて、路上に落ちた。

二人の空々梨がお互いを認識した瞬間、深刻なタイムパラドックスが発生して、時間の歯車が音を立てて軋み、止まった。


時の果てのどこかで、モニタールームに大音量の警報が鳴り響いた。

《警告！　深刻なタイムパラドックスが発生しました。ただちに対処してくださ

い》

「大変だ！　稼働中の時間サーバがクラッシュした！」

　モニタールームに詰めていた時間管理者たちは騒然となった。

「光速度壁《ライトウォール》を突破されたのか？　超時空ウイルスか？」

「これだからクロノス社のサーバは嫌なんだ……！」

「接続切れ！　他の時間に被害を広げるなよ！」

「不具合箇所特定してくれ、こっちで差し替え時間用意するから！」

「どれくらい稼働してる？」

「一三八億年です」

「大したことないな。場合によっちゃサーバごと再起動するかあ」

「初期不良じゃないのか、この時間？　どこの時間だ？」

「宇宙です」

「また宇宙か……宇宙の不具合多いなあ、何回クラッシュしてるんだよ」

「宇宙の住人、時間犯罪者多いですしね」

「よくないなあ、宇宙」

　管理者たちはモニタールームの向こうに広がるサーバルームを見渡した。

黒くて、四角くて、大きくて、ぶんぶん唸る時間サーバの列が、見渡す限りどこまでも続いている。宇宙の時間を管理するサーバは、その一つに過ぎないのだった。

「私……だよね？」

半信半疑で空々梨が訊いた。

「そう。私」

麻痺銃を下ろして空々梨は答えた。

「撃とうとしてなかった？」

「麻痺するだけだから」

「ならいいか……いや、よくないな。なんで撃とうとしたの？」

「やむを得ない事情があって」

少し遅れて、よろよろ駐車場を歩いてきたヌル香は、二人の空々梨が顔を合わせているのを一目見ると天を仰いだ。

「ああ、全速力でタイムパラドックスに突っ込みましたね、クー」

「ごめん」

「あれ、ヌル香、オフ会行ったんじゃなかったの？」

「行ったんですけど、呼び戻されることになってます」

「なってるって？」

クー・ビフォーが、クー・アフターとヌル香の顔を交互に見ながら眉をひそめた。

「一時間くらい未来から来たんですよ、私たち。ちよ、ソフトクリーム垂れますよ」

「え。あう」

ぽかんと口を開けてビフォーとアフターを見比べていたちよは、ヌル香に指摘されて、こぼれ落ちかけていたソフトクリームに食いついた。

「ありがと、ぬるちゃん……って、くーちゃん二人いるよね？　あたしの見間違いじゃないよね？　どうなってるの？」

「後でゆっくり説明しますよ。それより、クー……」

ヌル香に促されて、空々梨は本来の目的を思い出した。

「そ、そうだ。もうすぐシルクドッグが襲ってくるんだ。これ以上進んじゃいけない」

「えっ⁉　また狙撃？」

「いや、直接襲われる。急いでここを離れよう」

「ちょ、ちょっと待って。ちゃんと説明して――」

「そんな場合じゃない！　早く！」

まだ状況の危険さに気付いていないビフォーに向かって、アフターは思わず声を荒げてしまった。ビフォーが面食らったように目を瞬く。

「……わ、わかった。ちよ、行こう」

「え？　う、うん……よくわかんないけど、いこいこ」

四人はコンビニを離れて、急ぎ足で別の道へ向かった。

「説明してよ」

ビフォーが訊ねる。アフターは、困惑顔のままソフトクリームを舐めているちよを見た。

「私は……ちよが死ぬのを防ぐために来たんだ」

「ちよが!?」

「え、あたし死ぬの？」

ちよは目を丸くしてから、興味津々の様子で声を潜めた。

「どうやって死ぬの？」

ちょっと迷って、アフターは答える。

「……花に埋もれて？」

「えっ、何それ、ロマンチック……！」

ちょっとときめいているちよはさておき、ビフォーは「花」の意味するところがわかったようだ。さっと顔色が変わった。

「……シルクドッグって、やっぱりヤバいの？」

「うん。まるで忍者だった。こっちは丸腰で、かわすのがせいいっぱい。その流れ弾で……」

アフターが目でちよを指すと、ビフォーが硬い表情で頷いた。

「……そうか」

「今回は一応武器があるけど……」

「それ何？　銃？」

「う、うん」

当初のプランではビフォーを撃つのに使うはずだったことを思い出して若干の気まずさを覚えながら、アフターは手の中の麻痺銃に目を落とした。

「あの素早さだと、そう簡単には命中しないと思う」

「斥力ガントレットをもう一回作る？」

「時間がない。二人がかりでも無理でしょ。材料もないし」

「何かいい考えはない、ヌル香？」

自分同士で会話していた空々梨と空々梨は、ヌル香を振り返って訊いた。

ヌル香は脇腹を押さえてよろよろ歩いていた。ちょっと早足で歩いただけでこの有様だ。

「……やっぱり運動不足だよね」

「うるさいです」

「ぬるちゃん、ちゃんと食べてないいんじゃない？」

そう言うちよはもうソフトクリームを舐め終わり、ぱりぱり美味しそうな音を立ててコーンの尻尾を嚙っていた。

「食べないとおっきくならないらしいよー」

「余計なお世話です……」

ヌル香の言葉は途中で切れた。

その目はちよの口許に注がれている。

「え、ソフト食べたかった？　ごめん、もう食べちゃった……」

「違います。クー、一つ気になることがあります」

「「どうしたの？」」

二人の空々梨が声を揃えた。

「なぜ私たちは、クラッシュした時間の中で、当たり前のように動けているんでしょう？」

「どういう意味？」

「タイムパラドックスが起これば、時間はそこで止まるはずなんです。当然、私たちの時間も止まります。そのはずなのに、私たちは動けているし、思考できている」

二人の空々梨は改めて周りを見回した。

ごく普通の住宅地の光景だった。

数は少ないが通行人もいるし、車も走っている。木の葉がそよ風にざわざわと揺れている。

「時間、止まってないんじゃない？」

「いえ。見てください」

ヌル香の指差す先には、青空を横切っていく飛行機雲があった。

いや……よく見ると、最初に見た位置から、飛行機雲はまったく伸びていかないようだ。

「あそこでは時間が止まってる？」

「距離が関係するのかもしれません。私たちの周りに、何か時間停止を無効化する要素が……」

二人の空々梨とヌル香の目が、ちょに集中する。

「ふえ？　な、なに？」

急に注目の的になったちよが、顔を赤くする。

「……ブラックホール？」

「まさか……。確かに重力特異点の周辺では、粒子や光が一点に留まることができない領域が生じますが……停止した時間の中で私たちが動ける理由になるものでしょうか」

「試してみる？　いや――」

「――その時間はなさそう」

二人の空々梨は同時に振り返った。

住宅街の小道をゆっくりと近づいてくる白い霞は、シルクドッグに違いなかった。

「え？　なんかいるの？」

ちよが目の上に手をかざす。

「なんにも見えないよ、くーちゃん？」

「隠れて、ちよ」

「ヌル香、ちよをお願い」

「わかりました。ついでに、私に対する気遣いの言葉が一つくらいあってもいいです」

二人の空々梨は顔を見合わせてから、ヌル香を振り返った。

「「気をつけて」」

「ありがとうございました」

ヌル香は皮肉っぽく礼を言って、混乱しているちよを電柱の影に引っ張り込んだ。

シルクドッグの身体を覆う白い霞は、ちよの反応を見てもわかるとおり、普通はとても気付かないような淡いものだ。空々梨たちが気付けたのは、殺気を感じたからに他ならない。

急速に意識が研ぎ澄まされていくのを感じる。

迫り来る危機に直面した途端、精神と肉体が音を立てて組み換わり、戦闘モードに移行するようだ。まるでこんなことを、何度も何度も繰り返してきたかのように。

――あれ？

ふと、何かが記憶の底で閃いた。

この状況に、既視感がある。

着々と間合いを詰めてくる白い霞。油断なく身構えて、待ち受ける自分。

「……何か思い出さない？」

ビフォーの言葉に、アフターも頷き返す。

「同じことを言おうと思ってた」

そうだ。確かに、以前にも同じような状況があった。

あれはいつ、どこでだったか。さすがに自分が二人もいなかった気はするが。

――私は、もしかすると、前にもシルクドッグと戦っているんじゃないか？

しかし、悠長に記憶を探っている暇はなかった。

二人の空々梨は短く言葉を交わす。

「武器は麻痺銃だけ。これを当てるしか勝ち目はない」

「仮に、ちよから離れるほど時間が遅くなるとしたら――」

「――麻痺銃を当てるために、あいつをちよから遠ざける」

「じゃあ、それで。時間差を使って戦おう」

「ＯＫ」

何しろ自分同士だ。相手の考えることはだいたいわかる。

必要最低限の言葉だけ交わすと、二人はシルクドッグに向かって足を踏み出した。

「……二人だと？」

シルクドッグが立ち止まり、疑わしげに言葉を発した。

「ミラー迷彩か？　視覚ジャックか？　ダミークローンか？　貴様にしてはつまらん手だな。どちらが本物でもいい、死ね」

白い霞がゆらりと動き、一気に加速して襲いかかった。

霞の中から突き出されたのは二振りの刃物だ。セラミックのような白い刃が風を切り、二人の空々梨を狙って矢継ぎ早に繰り出される。

恐るべきスピードの連撃だが、二人の空々梨は冷静だった。

明確な殺意をもって攻撃されているのに、自分でも驚くほど動揺していないのだ。

これまで襲われたときもそうだったが、不意を突かれて慌てることはあっても、攻撃自体には対処できるという自信があった。

——なんだか、だんだん思い出してきたみたいだ。

斥力ガントレットを作ったときと同じように、手足がひとりでに動く。

長年かけて染み付いた戦いの技術を、身体が思い出しているみたいに。

とはいえ、敵も只者ではない。紙一重で攻撃をかいくぐるうちに、みるみる制服がズタズタになっていく。一人で相手をしていたらこんな程度では済まなかったはずだ。

距離を取って麻痺銃を撃ちたいが、それは相手にも飛び道具を使わせる機会を与えることになる。流れ弾でちよを死なせたアフターの空々梨は、絶対にあの手裏剣を使わせたくなかった。

——このままじゃ、いつまで経っても反撃できない。

空々梨たちの心に焦りが芽生える。

――なんとかして相手の時間を遅くして、隙を作らないと……！

そのとき、アフターは微妙な変化に気がついた。

耳に聞こえる音が、一瞬だけ、少し甲高くなった。

すれ違う救急車のサイレンの音が変わるのに、少し似ていた。

同時に、目の前の光景が少しだけ青みを帯びた。

その印象は一瞬で消えて、また今まで通りの感覚が戻ってきた。

――これは！

戦いの中、二人の空々梨は目を見交わす。

ちよから離れて、時間が遅くなり始めているのだ。

ビフォーが咄嗟にシルクドッグに組み付いた。

これには意表を突かれたらしく、シルクドッグの動きが一瞬止まった。

「今だ、撃って！」

その言葉を待たず、アフターは大きく後ろに下がり、麻痺銃の照準を白い霞に合わせた。

シルクドッグは一瞬の硬直からすぐに復帰し、ビフォーの脚を払ってアスファルトの路上に投げ落とした。

「ぐうっ……」

ビフォーの苦鳴は少し低く、間延びして聞こえた。スローモーション映像の音声のように。

倒れたビフォーを二本のブレードで上から突き刺そうとするシルクドッグの動きも、ほんの少しだけ遅くなっていた。

その、ほんの少しの隙を捉えて、アフターは引き金を絞った。

目に見えない何かが銃口から射出され、白い霞が殴られたように揺らいだ。

手応えも反動もない麻痺銃を、続けざまに撃つ。

そのたびに白い霞は揺らぎ、のけぞり、ついには塀に叩きつけられた。

ずるずると塀から滑り落ち、路上にくずおれる。

麻痺銃をシルクドッグにポイントしたまま、慎重に歩み寄る。

「大丈夫？」

「……超痛い」

あお向けにぶっ倒れたままのビフォーが呻いた。

4

（ヌル香、やったよ！）

（え？　本当ですか？）

（なんで意外そうなのかな）

（いえ、別に。今そちらに向かいます）

ちよを伴ったヌル香が来るまでには、思ったより時間が掛かった。

「お待たせしました」

「ずいぶん掛かったね。そんなに離れてたっけ？」

「お二人が苦戦しているようだったので、ちよを連れて私が離れたんです」

そう言うヌル香は少し息を切らしていた。額に汗が浮いている。

「ぬるちゃんと二人で、結構走ったんだよ！」

ちよも暑そうだ。胸元をつまんで、ぱたぱた風を入れている。

「ぬるちゃんすぐバテちゃったけど、とにかく遠くに行かなきゃって頑張ったの。そうすればくーちゃんに……くーちゃんたちにも勝ち目があるって。意味はよくわかんなかったけど……」

「そうだったんだ」

ヌル香は倒れたシルクドッグに目をやって、平板な口調で言った。

「……本当にシルクドッグ、倒したんですね」

「倒せないと思ってた？」

「正直なところ、可能性は低いと思ってました。どちらかが死ぬかも、と」

「ああ……」

——シルクドッグをちよの影響範囲外に出すために、頑張ってくれたのか。

空々梨と目が合うと、居心地が悪そうにヌル香はそっぽを向いた。

「……生存率を上げるために行動しただけです」

訊いてもいないのにヌル香が言った。

「それより、シルクドッグをどうする気ですか？」

麻痺銃で何度も撃たれたシルクドッグは意識を失い、身動き一つしない。

倒れると同時に白い霞は消え、そこには二足歩行の人間型生物《ヒューマノイド》が手足を力なく投げ出して横たわっていた。

コワーキングスペースの前で見たときと同様、全身を白いプロテクターで覆っている。

「とりあえず、武装解除するか」

アフターが麻痺銃で狙っている間に、ビフォーが屈み込み、ヘルメットを手探りしていると、プシュッと空気が抜けるような音がした。

ヘルメットがいくつかのパーツに分割されて折りたたまれ、着用者の顔が露わになった。

「えっ？」

思わず驚きの声が漏れた。

ちよが目を丸くする。

「え、女の子だよ？」

気を失って倒れているのは、どう見ても人間の女性だ。

淡い虹色の短い髪が、オープンしたヘルメットからこぼれている。

「ぬるちゃん、この娘、くーちゃんを狙う暗殺者なんだよね？」

「はい」

「よその星から来たって話だったよね？」

「はい」

「そこまでちよに話したの？」

「今更隠せるもんでもないでしょう」

「くーちゃん、心配しないで」

声を潜めてちよが言う。

「あたし、誰にも言わないから。口は硬いよー」

「食べ物で釣られるんじゃない？」

「ひどい！　でも、そう言えばお腹空いたなあ……」

ひもじそうな顔になったちよは放っておいて、空々梨たちはシルクドッグに目を戻した。

「私は〈ビッグ・シャッフル〉以前からシルクドッグの評判を耳にしていますが――こんな少女だと聞いたことは一度もありませんね。いくつもの戦役を経験した古強者《ヴェテラン》のはずです。身体を取り換えていれば別ですが、普通、戦士や兵士は、肉体を新調するにしても、元の体格より小さい身体を選びはしません」

「じゃあ、やっぱり世界線混淆機《ワールドシャッフラー》のせい？」

「おそらく……」

ヌル香はしばらく考えてから、ジト目で二人の空々梨を見やった。

「もしかすると、世界線混淆のプロセスにあなたの願望が影響しているのかもしれませんね」

「は⁉」

「え⁉」

二人の空々梨は目を瞬く。

「考えてみればおかしいんです。シルクドッグ、コードウェイナー菫、州谷州わふれむ、そして私。かつてのクー・クブリスの関係者は、この世界線でみんな女の子になってるじゃないですか」

「それがなんで……」

ヌル香は呆れたように続けた。

「まあ、いいですよ。空々梨がかわいい女の子に囲まれてちやほやされたい願望を持っていたとしても、私の関知するところではありませんし」

「ちょ、ちょっと待ってよ！」

「私の願望のせいでみんな女の子になったってての？　そんなの――」

「くーちゃん、そんな浮気者だったんだ……」

二人の空々梨が試みた抗弁は、ちよの一言の前に砕け散った。

「そんな人だとは思わなかったよ、くーちゃん……さっきはちょっとかっこよかったのに……」

「まあ、所詮は人間ですから。しょうがないです」

「人を貶めるのかフォローするのか――」

「――どっちかにしてよ！」

口々に抗議する二人の空々梨に、ヌル香は涼しい顔で答えた。

「両方やってもいいでしょう？」

「「よくないよ！」」

「じゃあ貶めるだけにします」

そのとき、倒れていたシルクドッグが目を開き、屈み込んでいたビフォーと視線が合った。

「あっ……」

「貴様――！」

反応する間もなく、ビフォーは突き飛ばされた。

「ぐっ！」

「くーちゃん！」

シルクドッグは四人に鋭い目を向けて立ち上がり、腰のブレードに手をやったが、そこでよろめいた。まだ麻痺銃の効果が残っているのだ。

「撃って！」

倒れたビフォーが路上から叫ぶ。

アフターは麻痺銃を抜き撃ちしたが、シルクドッグはその場から塀の上に跳び上がって射撃をかわした。そこから電柱を踏み台にしたかと思うと、軽々と住宅街の屋根を跳び渡って、あっという間に姿を消してしまった。

ちよが倒れたビフォーに駆け寄った。

「大丈夫、くーちゃん⁉」

「くそぉ、またこんな……いててて」

ビフォーは起き上がりながら、握っていた右手を開いた。

ちぎれた細い鎖がついた、細長い金属片のようなものが手のひらに載っている。

「それは？」

「わかんない。突き飛ばされてとっさに手を伸ばしたら、あいつの首に下がってたこれを摑んだみたい」

「何だかわかる、ヌル香？」

アフターが訊ねると、ヌル香は顔を近づけた。

「差し込み端子がついてます。何らかの記憶媒体ですね――ん？　これは？」

ヌル香の目が鋭くなった。

「ちょっと、貸してください」

ビフォーの手から記憶媒体を取ると、ヌル香は仔細に眺め回した。

「どうしたの？」

「……私、これを知ってます。ここを見てください」

ヌル香が記憶媒体の片面を指差した。

そこには一行だけ、知らない文字が並んでいる。

知らない文字――そのはずなのに、なぜか二人の空々梨には、そこに書かれた意味がわかった。

「……クー・クブリス。あなたの名前です」

手の中の記憶媒体に目を落として、ヌル香は呟いた。

――シルクドッグが、クー・クブリスの持ち物を？

「あいつから話が聞いてみたかったたな」

「一応言っておきますが、シルクドッグはあなたを殺そうとしている相手ですよ、クー」

「わかってるよ」

せめて拘束しておけば……と今になって思うが、後の祭りだ。

「ヌル香、それ持っててくれる？」

アフターが言うと、ヌル香は頷いた。

「そのつもりでした。クーに大事なものを預けると、どこに消えるかわかりませんからね」

皮肉っぽく言いながらも、ヌル香は大事そうに記憶媒体をどこかへしまい込んだ。

「ところで、これからどうしよう？」

ビフォーが訊ねる。

「私、二人になっちゃった。オフ会から帰ってきたら、ヌル香も二人になるし」

「私まで自分と出会ったら、このタイムクラッシュは今度こそ収拾が付かなくなります。その前になんとかしなければなりません」

「なんとかって？」

「帰るんですよ、元の時間に」

「え……」

「何を驚いているんですか」

「いや、その……帰るって発想がなかったから」

「……でしょうね」

ヌル香は冷たい声で言った。

「ちよを救うことで頭がいっぱいで、それ以外のことなんにも考えてなかったでしょう、クー。どうやって救うかも、救えたとしてその後どうするかも」

「いいんですよ。クーにはとっても優秀な偵察船《レコシップ》がついてますからね。でも、ちょっとは後先考えて行動してくれたら嬉しいです」

「ご、ごめん」

「悪かったです……」

ヌル香はフンと言って肩をすくめた。

「まあ、クーが後先考えないで突っ込むことなんて、ずうっと前から知ってますけど」

しゅんとしたアフターをじろりと見て、ヌル香はため息をつく。

「正直、結構厄介な状況ですよ。シルクドッグよりもこちらの方が問題です」

ヌル香は説明を始めた。

「本来、今いる時間は、タイムパラドックスで完全に停止しています。止まった時間をもう一度動かさなければなりません。二人のクーが出遭ってしまって、時間がここでスタックしてるんです。ですから、二人のクーを一人にすることで、強引に辻褄を合わせます」

「辻褄を合わせるって、具体的には？」

「未来から来たクーと、過去のクーを同一人物ということにしてしまえばいいはずです」

ビフォーとアフターは顔を見合わせた。

「……どうするの、そんなの？」

「もう一度、ちよに役に立ってもらいましょう」

「え、あたし？　どうすればいいの？」

注目の的になったちよが、きょとんとヌル香を見つめる。

「ちよの中にあるブラックホールは、裸の特異点《ネイキッド・シンギュラリティ》です。通常のブラックホールは事象の地平面《イベント・ホライズン》に隠されて直接見ることはできないのですが、ちよのそれは剝き出しになってるんです。丸見えです」

「ぜ、全然意味わかんないのに、なんか恥ずかしいよ、ぬるちゃん⁉」

「大丈夫です」

「全然大丈夫じゃないよう……。あ、あんまり見ないで、くーちゃん……」

「う、うん」

ちよが恥ずかしがっているのが伝染《うつ》って、二人の空々梨はなんとなく目を逸らした。

「なにをやってるんですか。ちゃんと聞いてます？」

呆れ顔でヌル香が続ける。

「ちよは裸の特異点なので、その周囲では一般相対性理論が破綻して、理論的に因果関係が予測できなくなります。これを利用して、なんとか二人の空々梨を統合しましょう。なので——まず私とキスしてください、ちよ」

「はわっ!?」

「ええ!?　ヌル香さん……？」

「何言ってんの!?」

「ただのエネルギー補給ですよ」

　うるさいなあ、という顔でヌル香が言った。

「私にはブラックホールからエネルギーを補給できる重力スクープがあります。幸いこの身体でもその機能が残っていて、舌がそれにあたります。ちよとキスすれば、裸の特異点のエネルギーを経口摂取できるわけです。それだけですよ？　一体何をそんなに騒いでるんです」

「いや、でもさあ」

　ヌル香はやけに饒舌だった。

「時間を敵に回して、ブラックホールをぶん回して、同じ人間が二人いる世界線を、元の世界線に統合しようとしてるんですよ。私がこれからどれだけ演算処理しなきゃならないかわかってますか？　キスぐらい何だって言うんです」

　一つ大きく息をついて、ちよに向かい合う。

「さあ、ちよ。心の準備はいいですか？」

ちよが思い詰めたような顔で口を開いた。

「ぬるちゃん」

「はい」

「これノーカンだよね？」

「ノーカンです。そう思いたければですが」

「わかった……」

「では、どうぞ」

「ん」

少し身を屈めたヌル香の唇に、ちよが自分の唇を触れ合わせた。

「ん～～～」

——なんだこれ。

どんな顔をしていいのかわからずに二人の空々梨が立ち尽くす前で、二人の少女はしばらくキスを続けていた。

「……ふぅ」

ヌル香が口を離すと、真っ赤になったちよが、ふらふらと後ずさった。

「上手ですね、ちよ。やさしいキスでした」

「やー！　もー！　そういうこと言わないでよぬるちゃん！」

上気した顔を二人の空々梨に向けて、あわあわ手を振る。

「ノーカン！　ノーカーン！　っていうかなんで見てんのくーちゃん！」

「見たくて見てたわけじゃないよ！」

「じゃあ見るな！　ばかー！」

「騒がしいですね。私の準備はできましたよ。次はクーとクーの番です。ちよ、制服めくって、お腹出してください」

「今度はなんなの!?　お腹とお腹くっつけるの!?」

ちよはもう、見るからにいっぱいいっぱいだった。

「だ、誰!?　誰とおなかくっつければいいの!?　ぬるちゃんなの!?」

「いえ、私ではなく、クーとクーがちよに接触するためです。なるべく特異点に近い方が望ましいので、クーとクーにお腹を触らせてください」

「ひはわあっ!?」

ちよが素っ頓狂な悲鳴を上げた。ほわほわと頭から湯気が出ているように見える。

さすがに二人の空々梨も抗議の声を上げざるを得ない。

「ちょ、ちょっと、ヌル香……」

「ヌル香、こんなの、いくらなんでも……」

「何ですか。いいから、早く」

ぎろりとヌル香が三人を睨む。

「う、うう……わかったよう……」

ヌル香の放つ謎の威圧感に押されたか、ちよがおずおずと制服をめくり上げた。

白くてすべすべのお腹が露わになった。

あまり腹筋がついていない、柔らかそうなお腹だった。とても中にブラックホールが入っているとは思えない。

「は……恥ずかしいよ……」

ちよは顔を真っ赤にしてうつむいている。しかしヌル香は容赦しなかった。

「クー、ちよのお腹に触れて、そのままじっとしてください」

「い、いいのかな……」

「失礼します……」

二人の空々梨はおずおずと手を伸ばして、ちよのお腹に触れた。

「ひゃん」

ちよがびくりと跳ねた。

肌がしっとりと手のひらに吸い付くようだ。腹筋が全然ない。

「う、動かさないで……くすぐったい」

身体をよじらせながらちよが言った。

「はい、それでじっとしててください。三人ともです」

「あーん、もうやだー！　むちゃくちゃだよ！　なんなのこれー！」

「もぞもぞしないで。行きますよ」

あまりにも変な状況に混乱していた空々梨だったが、手のひらに伝わる感触に集中しているうちに、ふと気付いた。

二人並んでいる空々梨の、自分と相手の区別がつかなくなってきていた。

思わず自分同士で顔を見合わせる。

自分で自分を見ている。

自分が自分を見ている。

まるで鏡に向かっているような感覚だ。

同時に、自分のいる場所も曖昧になってきた。

住宅街のような……コンビニのような……交叉時点のような……学校のような……。

「いいですよ。クー、そのまま、自分とキスしてください」

「「え……？」」

「カウントします。いいですか、三、二、一、はい」

まあ自分だからいいか……。これもノーカンだろうし……。

曖昧な意識のままクーとクーは、自分自身と唇を触れ合わせる。

ヌル香が踵を、カツンと打ち合わせた。

時の果てのどこかで、モニタールームに鳴り続けていた警報が不意に止んだ。

時間管理者たちが顔を見合わせる。

《タイムパラドックス警報が解除されました》

響き渡るアナウンスが、異常事態の終了を告げた。

「どうなった？」

「スタックしてた時間が流れ始めてますね」

「誰か直したのか？」

「いえ、誰も……」

「ログ見ろ、ログ」

「これは……当該時間内の意識体が自ら復旧したように見えますね」

「時間内の意識体？　止まった時間の中で行動できる存在がいたのか？」

「ログを見る限り、どうもそのようです。限定的な時間フィールドを生成して、その中で活動しています」

「これはまずいぞ。超時間存在が侵入した可能性がある」

「ボス、ちょっと待ってください――時間警察から連絡が入っています。時間監獄から複数の時間犯罪者が脱獄したとか。首謀者の名は、クー・クブリス。原因はこいつでは？」

「クー・クブリス……聞いた名だな。以前、時間を何度かクラッシュさせたか、これからクラッシュさせる奴だ」

「当該時間は現状、正常に動作しているようです。どうしますか？」

「クー・クブリスが未知の超時間存在だとしたら放置できない。時角獣を放て」

「了解、ボス。時角獣をリリースします」

時間管理者たちは、クー・クブリスを狩るようにプログラムした超時間生物を宇宙の時間サーバに解き放った。

時間の角度に潜むその獣は、ティンダロスの猟犬と呼ばれていた。

5

「……はっ⁉」

居眠りから醒めるように顔を上げた空々梨は、白とオレンジに塗り分けられた凶悪な外見のハイテク銃器めいたものを向けられていることに気付いた。

「待った！　撃たないで！」

咄嗟に手を挙げる。ハイテク銃器を持ったわふれむが、すんでのところで引き金を引く指を止めた。

そこは〈偵察部〉の部室だった。時間を遡る直前の状況が、そのまま続いているようだ。

「降参する？　それじゃ、えーと……」

片手でスマホの画面をスクロールさせながら、わふれむが言った。

「えー、その場で後ろを向いて、手を頭の後ろで組んで、地面に膝を突いて……あれ、逆かな？　膝を突いてから、うつぶせになって、手を頭の後ろで組むのかな？」

「わふれむ、もういい」

ぶつぶつ言っているわふれむに、菫が後ろから声を掛けた。

「過去に行くのは諦めたか？」

「ううん、今行ってきた」

「何だと？」

「確かめさせて」

　菫の返事を待たず、空々梨は〈石　棺《サルコファガス》〉に歩み寄り、制止される前に一気に上蓋を開けた。

　青い光の中に浮かぶちよの身体には、傷一つない。

　白い花びらも、どこにもない。

　停滞《ステイシス》フィールドに手を突っ込み、ちよを抱き上げる。

「おい、やめろ！」

　声を上げた菫だったが、空々梨の腕に抱かれたちよがまったくの無傷であることを見て取ると、口を閉ざした。

　椅子にどさりと腰掛け、空々梨を睨み付ける。

「うーん、むにゃむにゃ」

　ちよが寝言を言った。

「お腹は……お腹はやめて……」

「絵に描いたようなお姫様だっこですが、どうするんです、それ」

ヌル香が冷静に訊ねた。

わふれむがスマホを構えて、パシャッと写真を撮った。

腕の中のちよを見下ろすと、なんだかひもじそうな顔をしている。

「うーん……お腹空いた……」

「ちよ。ちよ、起きて」

「むにゃっ？」

よだれを垂らされそうだったので、揺すってみると、ちよは半目を開けて空々梨を見上げた。

「あれ……？　あたし、死んだっけ……？」

「生きてるよ」

空々梨の腕に抱かれたままぼんやりと頭を巡らせて、ちよは部屋の中を見回した。

菫、わふれむ、ヌル香と、順番に目を合わせていく。

「…………くーちゃん」

腕の中から、ちよが空々梨を見上げた。

その顔は、今まで見た中でも最高に真っ赤になっている。

「な……なにこれ？　なんなの？」

震える声でちよは言った。

「なんであたし人前で、くーちゃんに、お、お姫様だっこされてんの⁉」

「あ、嫌だった？　ごめん……」

わふれむがスマホを構えて、パシャッと写真を撮った。

「下ろして！　下ろして、くーちゃん！　死んじゃう！」

自分の足で立ったちよは、その場でしゃがみ込み、ぷるぷると小刻みに震えながら、しばらくその場にうずくまっていた。

わふれむがスマホを構えて、パシャッと写真を撮った。

ちよに、菫がそっと声をかける。

「加羅玉ちよ」

「…………はい？」

「何があったか、憶えているか？」

ちよは顔を上げて、菫を見てから、不思議そうに空々梨を振り返った。

「くーちゃん、この子は？」

「私はコードウェイナー菫だ！　〝この子〟ではない！」

菫が堂々と名乗りを上げた。

ちよは不思議なことを言う子供を見る目で菫を見た。

「こーどうぇいなー、すみれ、ちゃん？」

「ちゃん付けしなくていい！」

「かわいいです――」

「かわいくないっ！」

わふれむのフォローをばっさり遮って、菫は鋭い視線をちよに投げかけた。

「何があったか、憶えているのか、加羅玉ちよ」

ちよは立ち上がった。ちよにしては珍しく、きりっとした顔になっていた。

しばらく考えてから、ちよは言った。

「あたし、一回死んだと思う。あの、白いもやもやしたやつと、くーちゃんが戦ってて、なんか飛んできて、お腹が熱くなって……あれ？」

眉をひそめて先を続ける。

「でも、死んでなかった気もする。変な感じ……。死んだ記憶と、死んでない記憶が混ざってるみたい。くーちゃんがふたりいて、ぬるちゃんと走って……」

何を思いだしたのか、目が泳いだ。

「どうした？」

「な、なんでもない！　あれはノーカン！　ノーカン！」

ちよはわたわたと手を振った。

「ぱらどくしちゃった時間線、どうやって統合したの？」

わふれむがヌル香に訊ねる。

「ちよの中の裸の特異点を使って、因果関係を世界線混淆機《ワールド・シャッフラー》でアレしました」

ヌル香の極めてざっくりした説明に、わふれむが納得したように頷く。

「なるほどねー。シビアー。私ならやんない」

「私だってやりたくなかったですよ。これ多分、後で祟ります」

「祟るねー。間違いなく」

菫が苛立たしげにため息をついた。

「どうやらまた強引なことをやってくれたようだ」

「あなたは、くーちゃんより偉い人なのね？」

ちよが訊ねた。菫は胸を張る。

「そうだ。くーちゃん……じゃない、クー・クブリスの上司だ」

「だったら、お願い――くーちゃんを責めないで」

ちよの言葉に、菫は意表を突かれたようだった。

「まだよくわかってないんだけど、くーちゃんは私を助けてくれたんでしょ？　だったら、私にも責任があると思う」

「だれを責めるとかいうレベルの問題じゃないんだ。加羅玉ちよ、君の体内に何があるか認識しているか？」

「ブラック……ホール？」

ちよが制服の上からお腹を押さえる。

「でも、ほんと？　ほんとにそんなものがここに？　今まで十五年生きてきたけど、そんなの知らなかったよ」

「残念ながら、本当だ。何か心当たりは？」

「ぜーんぜん」

ちよは首を横に振る。

「確かに最近、ちょっと食欲は増えたけど……」

「ちょっと？」

思わず口走った空々梨を、ちよは拗ねたように睨んだ。

「食欲はともかく――」

　菫は深刻な顔で続けた。

「君の中にある出所不明の重力特異点は、極めて危険だ。今はバランスが保たれているようだが、いつ暴走するかもわからない。事実、君が一度死んだときには、裸の特異点が曝露する危機に直面した。君を停滞《ステイシス》フィールドに入れなければ、数分から数十分で特異点が解放され、地球を飲み込んでいただろう」

　真面目な顔でふんふんと頷くちよに、空々梨は訊いてみた。

「意味わかってる？」

「ぜんぜんわかんない」

　菫はショックを受けた顔になった。

　ちょっと涙目になって、わふれむを振り返る。

「わふれむ……」

「はい、菫ちゃん」

　助けを求められたわふれむは、にっこり笑って、安心させるように頷いた。

　安心させるような笑顔のはずだが、わふれむが菫を見る目つきに、空々梨は少しぞっとした。

「要するにね、ちよちゃんを放っておくと、ブラックホールで地球がヤバいんだよ」

わふれむの噛み砕いた説明に、ちよは顔をしかめた。

「えー、そんなこと言われても困るよ……」

「だよねー」

「どうすればいいの？　お腹に刺激与えなきゃいいの？　ヨーグルトとか食べる？」

「乳酸菌がブラックホールの活動に影響を与えたらすごいねー。レティクル座ゼータ人が大もうけだよ」

「れてぃ……？」

よくわかっていない様子で首を傾げるちよ。

「お腹にはいいと思うよ。でも無意味かなー。もう一回停滞《ステイシス》フィールドで、ほぼ永遠の眠りについてもらえば、まあ安心ではあるんだけど、クー・クブリスも反対するのはわかってるから、ちよちゃんが生きている間は、無理矢理停滞《ステイシス》フィールドに放り込んだりはしないよ」

「わふれむ、勝手にそんな――」

菫が上げた抗議の声を聞き流しつつ、わふれむは続けた。

「だからちよちゃんの処遇は、クー・クブリスに一任するよ。元はと言えば、〈ビッグ・シャッフル〉が原因なんだし。言ってしまえば、クー・クブリスの面倒の種が一つ増えるだけ。だよね？」

空々梨は頷いて答えた。

「うん、わかった。私が預かる」

（またそんな簡単に……。そうやって何でも抱え込むんですから、クーは）

脳内にヌル香のぼやきが飛んできた。

（不満？）

（今更です。私が不満かどうかなんて関係なく決断するでしょう、クーは）

諦めたような答えだったが、伝わってくる感情はそれほど悪いものではなかった。

「そのブラックホールは爆発時刻のわからない時限爆弾のようなものだぞ、クー・クブリス」

どうにか威厳を取り戻して、菫が会話に加わった。

「明日は隕石が降ってくる。衝突でちよが死んだら、ブラックホールが惑星上で曝露するだろう。シルクドッグも再度襲ってくる可能性が高い。そんな状況でちよを守れるか？」

「シルクドッグに関しては、対応できると思う」

「ほう？」

疑わしげな眼差しを向ける菫。

自分の手を見ながら、空々梨は言った。

「時間線が統合されたとき、少し記憶が戻ってきたみたいなんだ」

「何だと?」

菫が飛び上がった。

「それを早く――」

「いや、全部じゃないんだけどね。ほとんど何も思い出せないのは同じ。だけど――もう一人の私と一緒に戦ったのがよかったのかな。武器の使い方とか、少し戻ってきたような気がする。多分戦えるよ、シルクドッグと」

「…………」

菫が難しい顔で黙り込んだ。

「あれ、あまり嬉しくないみたいだけど」

「私にとっては、〝記憶喪失の〈偵察局〉エージェント〟が、〝高度な戦闘技術を身につけた記憶喪失の〈偵察局〉エージェント〟に変わっただけだ。状況が悪化した」

「あー、確かに状況は悪化してるねー」

スマホを見ていたわふれむが声を上げた。

「ちょっと大変だよ、クー・クブリス。炎上してるよ」

「え？」

「コワーキングスペースで電子工作してる超マナーの悪い客として、動画がアップロードされてて拡散中。顔もばっちり出てるね。すっごい叩かれてるよ。あーあー」

「やっちゃいましたね、クー」

他人事みたいにヌル香がコメントした。

「誰のせいだと……！」

「ぬるぬるも映ってるけど、いいの？　ひどいコメントついてるよー、ほらほらー」

わざわざスマホの画面を見せられたヌル香の目が、すっと細くなった。

「……クー。この星滅ぼしましょう」

「あの、あなたの星でもあるんですよ、ヌル香さん」

「ちなみにこの動画、〈ライブラリ〉にもアップされてるね」

「へ？」

スマホを次々にスクロールさせながら、わふれむが楽しそうに笑う。

「禁制兵器の斥力ガントレット作ってるってバレて、しかもウグルク人の船で使ったことが判明して大炎上！　凄いねー、全銀河炎上！　なかなかできることじゃないよ？」

話の規模が大きすぎて、空々梨はピンと来ない。

「銀河規模で炎上……って、何が起こるの？」

「テレビつけてみよっか」

わふれむが白衣の懐からリモコンを引っ張り出して操作すると、空中にテレビ画面が浮かび上がった。

画面の中では、マイクを持ったレポーターが空を指差して、興奮した口調で喋っていた。

《――ご覧になれますでしょうか、上空に、白い光の点が多数、飛んでいるのが見えます！　突如、世界各地で観測され始めたこの現象が、自然現象なのか、隕石なのか、あるいはＵＦＯ、空飛ぶ円盤なのか、確かなことはまだわかっておりません。現在のところ、気象庁、防衛省ともに、何のコメントも発表しておりません。光点の飛んでいる高度が、大気圏内ではなく、宇宙空間であるとの情報も入ってきています。だとしたら、我々の目には小さく見える光点ですが、実はかなり巨大なものである可能性があります。あっ、今、官房長官の記者会見が開始される模様です――》

「……と、こうなるわけだねー」

「……マジかぁ」

空々梨は窓に近づいて、空を見上げた。

「うわあ……」

「わっ、何あれ!?　すごいね、くーちゃん！」

どうやら列強種族の艦隊は、もう姿を隠す必要はないと判断したらしい。

地球軌道上に集結する異星の船の群れが、月を砕いてばらまいたような白々とした姿を、夕暮れの空に浮かべていた。

テレビの音声が酷い雑音に掻き消された。

画面がブロックノイズでぐちゃぐちゃになっている。

ノイズの向こうから、合成音声とおぼしい奇妙な声が聞こえてきた。

《哭哭不瑞斯……上放武器、向我投降……》

「中国語ですね」

とヌル香。

何度か繰り返した後、声の調子が変わる。

《Koo K'bris...lay down your weapons and surrender...》

「英語だ」

これは空々梨にもわかった。

《कृ कृब्रिज़ि, अपने हथियार छोड़ दो! छोड़ देना!》

「これは？」

「ヒンディー語です。多分、話者数の多い言語から試してるんでしょう。彼らはこの星の内情に詳しくないですから、しらみ潰しにやってるんです」

その後は、スペイン語、アラビア語、ベンガル語、ポルトガル語、ロシア語と続いた。日本語は九番目だった。

《クー・クブリス、武器を捨てて降伏しろ》

合成音声の降伏勧告は、無感情に繰り返された後、ドイツ語へ、その後はパンジャーブ語へと続いていった。

第五章

1

時間割（三日目）

一時間目　化学　乳酸菌の培養
二時間目　時間古典　方丈記
三時間目　時間倫理　親殺しのパラドックス
四時間目　体育　熊体操
五時間目　宇宙物理　カー・ニューマン・ブラックホール解
六時間目　数学Ⅰ　二次関数

この時間割の授業を受ける機会はなかった。

というか、朝起きると、学校どころではなかった。

テレビもネットも、突如出現した異星人の艦隊で大騒ぎだ。

ヘリの音がバラバラうるさい。自衛隊機と米軍機が、ひっきりなしに上空を飛んでいく。

「ふわわわ。おはよー、くーちゃん」

あくびをしながらちよが起きてきた。

空々梨の家のリビングである。今の状況では、ちよを一人にする気にならなかったので、ゆうべは家に泊めたのだ。ちよの家への連絡はヌル香がしてくれた。

「あれ、くーちゃん、もしかして、朝までずっと作業してたの?」

リビングのテーブルの上を埋め尽くす素材の山に、ちよが驚いたような声を出した。

「クーだけでなく、私もです。付き合わされる身にもなってほしいですね」

キッチンから出てきたヌル香がぼやいた。エプロンを着けている。

「簡単なものですが、朝食を用意しました。顔を洗ってきてください」

「はーい」

「クーもですよ」

顔を洗ってテーブルの上を片付けると、ヌル香が朝食を運んできた。

炊きたての白いご飯、わかめと豆腐の味噌汁、納豆、ホウレンソウのおひたし、玉子焼き。シンプルながら、ちゃんとした朝食だった。

「ヌル香、料理できたんだ」

「キラキラした目でこっちを見るのはやめてください。これを料理と言ったら、ちゃんと料理する人に怒られますよ。というか、私は優秀な偵察船《レコシップ》なので、これくらい――」

「すごいねえ、ぬるちゃん」

「……ありがとうございます」

「でも、ごめんね。足りないかも……」

「そう言うだろうと思って、ちよのご飯は土鍋で別に炊いてあります」

ヌル香が大きな土鍋の蓋を開けると、ふっくらと炊きあがった白米が、朝の光にきらきらと輝いた。

「ぬるちゃん、大好き！」

「私もですよ、ちよ」

しばらく箸と茶碗が触れ合う音が、朝のリビングに響いていた。

ちよだけは土鍋からしゃもじで直接食べていた。

「……あたし、やっぱりおかしいのかなあ」

食べる合間に、ちよがぽつりと言った。

「いっぱい食べるの、当たり前だと思ってたけど、普通椅子なんか食べないよね……」

「ま、まあ……そうだね」

躊躇いつつもそう答えると、ちよは怒ったように頰を膨らませた。

「えっ、ひどい。そこは〝そんなことないよ〟とか言うところじゃないの？　〝わかるよ。椅子おいしいよね〟って」

「椅子おいしいよね……って、言えるか！　食べたことないよ！」

「試してみればいいのに。あーんしてあげるよ？」

空々梨は首を横に振る。

「遠慮しとく。ちよの食事を奪っちゃうから」

「そう？　残念だなあ」

くーちゃんにも食べてみてほしいのに……と呟くのを聞かなかったことにして、空々梨は一心に納豆をかき混ぜる。

それにしても――

朝の光の中、おいしそうにご飯を食べるちよを見ながら、空々梨はしみじみと思う。

――ちよが死ななくて、本当によかった。

一度は死んだのだが、その過去はなかったことになったから、結果オーライである。

そう考えることにした。

深く考えるとまったくオーライではない気がするが、多分、深く考えすぎると頭がおかしくなる。だからこれでいいのだ。

そう思っていると、ちよが顔を上げて、しゃもじを口に運びながらにっこり笑った。

「もうね、あたし、山一つだっておいしく食べ尽くせると思うの」

「や、山？」

深く考えなくても正気が揺らぐ発言に、空々梨は思わず口ごもる。

「うん！　あ、でも安心してね。くーちゃんに無理矢理食べさせたりしないから」

「それを聞いて安心したよ」

空々梨はぼそぼそ答えて、味噌汁を啜る。

そんな空々梨を見つめながら、ちよが言った。

「くーちゃんみたいな初心者には、コンクリートブロックとかレンガがおすすめかな？」

あやうく味噌汁を噴き出しそうになった。

「やめてよ！　ていうか、ちよ、今更だけど、歯とか顎とか大丈夫なの？」

「大丈夫だよー。虫歯一本もないからね」

「そういう問題なの……？」

首をかしげる空々梨。

「ブラックホールの重力場が物質の組成に影響を及ぼしているのかもしれませんね」

二人の会話を聞きながら、ホウレンソウのおひたしをしゃきしゃき噛んでいたヌル香が、ぼそりと口を挟んだ。

「ちよの顎が特別強靭なのではなく、ちよが口にしたものの分子構造が重力で引き伸ばされて柔らかくなるのだと思います。だから、ちよから口移ししてもらえばクーもコンクリートブロックを食べることができるかもしれません」

「やだもー！　そんな母鳥《ははどり》みたいなことしないよ！」

ちよが頬を赤らめる。

そこは照れるところなのか、と空々梨は解せない気分で思う。

「……さて」

食べ終わって、食器を下げて、テレビの画面を見た。

結局、昨日の降伏勧告は二十ヶ国語まで続いて終わった。

電波ジャックから復旧した各局は、異星人の侵略と、「クー・クブリス」なる謎の人物について想像をたくましくしていた。

宇宙から来た逃亡者、犯罪者、死刑囚、あるいは悪の宇宙人からつけ狙われる宇宙のプリンセス。勝手な想像は最初こそ面白かったが、だんだん微妙な気分になってきたので、音声をミュートにした。

彼らの想像する「クー・クブリス」と、自分がかつてそうだったという「クー・クブリス」。どちらもイメージのぼんやり具合は似たようなものだ。

音のない映像の中で、天体望遠鏡を通して映し出された異星の艦隊が動いている。人間ではない種族の艦船が、地球に向けて無数の武器を照準していた。

「あんなのどうするの、くーちゃん？」

「いくつか武器を作ってみたんだ」

食器を下げたテーブルの上に、夜の間に作ったものを順番に並べていく。

昨日、学校から帰ってから、ヌル香に教わるまま、ぶっ通しで工作したＤＩＹ兵器だ。どれも一見しただけでは、何に使うものなのか見当も付かない。

その中から最初に取り上げたのは、びっしり細かいパーツのついたベルトの束だった。

「ちよ、うしろ向いて」

「いいよ？」

背中を向けたちよに近づけると、ベルトがひとりでに蠢いたかと思うと、空々梨の手を離れて勢いよくちよの身体に巻き付いた。

「ひゃああっ⁉」

ちよが悲鳴を上げた。

「なっ、なにこれ⁉　身体に勝手に、やっ、ぐえっ⁉　し、締めつけられっ……」

「パワードハーネスです。いわば簡易パワードスーツですね。戦場で負傷した軍人が行動を継続できるように作られたものなので、目的外使用にはなりますが、ちよが身を守るには充分でしょう。ハードポイントもたくさんあって、拡張性にも優れてます」

「服の中にも入ってきたよ⁉」

「髪や服を巻き込んでないですよね？　じゃあ、大丈夫。もともと介護用なので、身体に密着して、まったく行動の邪魔にならないはずです。そのままシャワーも浴びられますよ」

「こ、こんなの、いくらなんでも恥ずかしいよ……」

「ちゃんとしたパワードスーツも考えたんですが、一から組むには時間がありませんでしたからね。給餌チューブとか、導尿カテーテルとか、医療用テクノロジーも必要ですし」

ちよは恐れおののいた顔でヌル香を見た。

「ハーネス主幹から神経探針を脊椎に直接打ち込むことで、運動パフォーマンスを飛躍的に高めることもできますが、どうしますか、ちよ？　参考までに言うと、すごく痛いと思います」

「いい！　いい！　今のままでいい！」

ちよが椅子にぺたんと座り込んだ。

「……こんなの着けるってことは、あたしも戦わなきゃいけないってこと？」

「いや、あくまで護身用だよ」

「はい、あくまで護身用です」

ヌル香はそう言って、テーブルから折りたたまれた鉄の三脚みたいなものを持ち上げた。

「これも護身用の道具です」

続いてごつごつした箱を持ち上げた。

「これも護身用の道具です」

さらに、携帯用の箸箱のような、コンパクトな細長い箱を持ち上げた。

「これもです」

「……ぬるちゃん？」

「もう一回後ろ向いてください、ちよ」

おずおずと身体を回したちよの、背中と腰のハードポイントに、三つの「護身用の」道具が装着された。

「重く感じないでしょう？」

「……ほんとだ！　すごい！」

ちよはその場で軽快にくるくる回って、ぴょんと跳ねた。

着地した床に穴が開いた。

「……あっ」

「気をつけてくださいね。体感よりも、実際は重いので」

ショックを受けているちよを尻目に、空々梨はテーブルの上の装備を身につけていった。

片手持ちのフレームに囲まれて、青いバウムクーヘンみたいな金属塊が重々しく回転しているのは、ストームグラインダ。

手を近づけると冷たい、登山用ピッケルに似た道具は、冷黒物質ハンマー。

見つめるとなぜか視線が逸れていく取っ手のついた円盤は、旋光性バックラー。

どれもＤＩＹ超テクノロジー兵器だが、実際にどんな効果があるのか空々梨は今ひとつ把握できていない。ヌル香は一応説明してくれたのだが、専門用語が多すぎて、正直さっぱりわからなかったのだ。

ヌル香はテーブルの上に残った大きな塊を持ち上げて、重そうに両手でぶら下げた。

大きな旅行用カバンのようなサイズのそれは、ヌル香の「電子戦パッケージ」なのだという。

それが何を指すのか、空々梨には不明だったが。

何本ものアンテナが、パッケージのジッパーの隙間から飛び出している。

「よいしょっと」

肩掛け紐で電子戦パッケージを担いだヌル香は、例のショートドレス姿だ。

「いいの、その服？　汚れるんじゃない？」

「ご心配ありがとうございます。大丈夫ですよ」

ヌル香が微笑んで、胸元のどこかをひねった。

ショートドレスの背中がバシャッと開き、一体どこにどう折りたたまれていたのか、四門の細長い銃身が展開して上方を向いた。蒼白い照準用レーザーが天井をポイントする。

「対空バトルドレスですから」

「えええっ!?」

「何を驚いてるんですか？　クーが作ってくれたんじゃないですか」

「私、こんなの作ってたの？」

「そうですよ。しっかりしてください」

ヌル香がもう一度胸元で何かの操作をすると、対空砲はぱたぱたとコンパクトに折りたたまれて背中にしまい込まれた。

自分がどうやって服を作っていたのか思い出そうとしたが、さっぱり記憶にない。

空々梨はかぶりを振って、思考を切り換える。

「よし、できる準備は全部やった。これからどうするか、計画を話そう」

「ぱちぱちぱちぱちぱち」

ちよが口で言いながら、小さく拍手した。

「艦隊の存在を明らかにした今、列強種族はどんどん地球上に降りてきてるはず。多分、妹型生物が使っていたようなドロップシップを使ってると思う」

「いもうとがた……何？」

「それは気にしなくていい。多分ちよは襲われないから」

「ふーん……ドロップシップって？」

「軌道上の母船から惑星地表に降下する小型の船です。大気圏に突入して、自力で軌道上まで帰る推進力を持っています」

「そのドロップシップを一隻手に入れて、軌道上に昇るんだ。気づかれないうちに列強種族の軍艦を乗っ取って、ヌル香が火器管制を掌握。艦砲射撃で、迫る隕石を撃ち落とす」

「軍艦を乗っ取るって……」

説明されても、ちよはピンと来ないようだ。それを言ったら空々梨だって半信半疑なのだが。

「……そんなことできるの？」

「こちらが武装していれば、可能です。一つ気になるのは、今日中に飛来するはずの隕石がまだどこにも見あたらないことですが、軍艦の火器管制を掌握できたら、近傍宙域をスキャンできますから、そのときに発見できると思います」

「よし。じゃあ、計画はこれでＯＫかな？」

空々梨の確認に、ヌル香が頷き返す。

「やることがシンプルで、良いのではないでしょうか。ただし、この作戦は隠密性が鍵です。身を隠していかないと、目的の達成は怪しいです」

「そうだね。見つからないように、こっそり行こう。ちよ、離れないでね」

「わかったよ、くーちゃん」

緊張した顔で、ちよがこくりと頷く。

「よし。じゃあ、行こう」

二人の先に立って空々梨は玄関を開けた。

そして、身長三メートルのカマキリに似た列強種族一個小隊に鉢合わせした。

外に面したマンション五階の通路は、レーザー兵器と耐弾甲冑で完全武装した異星人たちでごった返していた。

沈黙がその場を支配する。

異星人の複眼に、ぽかんと口を開いた空々梨の顔が写っていた。

マンションの外に浮かぶドロップシップから、通路に向けて渡し板が掛けられ、そこから乗り込んできた異星人たちは、今まさに空々梨の家に突入しようと身構えているところだった。

「…………クー・クブリス？」

「…………うん」

双方が事態を理解するまでさらに一瞬の沈黙があり、そして全員が同時に動き出した。

「…………殺せ!!」

「うわあああ!?」

異星人のレーザーライフルが一斉に火を噴いた。

銃声はなかった。ぼぼぼぼぼぼぼぼっ、と籠もった着弾音が連続して、レーザーが貫通した壁もドアも、一瞬で穴だらけになった。家の中でものが壊れる音が聞こえた。

空々梨は無事だった。左腕に装備した旋光性バックラーが、空々梨に向かってきたレーザーをすべてねじ曲げ、逸らしていた。

右手に装備したストームグラインダが凄まじい唸りと共に回転速度を上げる。

回転に導かれるように右手を突き出すと、五階の通路は、列強種族の突入部隊全員を巻き込んで、瞬時に粉砕されて吹き飛んだ。

至近距離に滞空していたドロップシップは、船体の半分が削り取られたように消失していた。断末魔の噴射炎を四方八方に吐き出しながら、でたらめに回転して落下していく。

「な……」

空々梨は自分で行なった攻撃の威力に唖然として立ちすくんだ。

玄関の外には、何もなくなっていた。地響きと爆発音が、ドロップシップの末路を伝える。

「く、くーちゃん!?　いまのなに!?」

「正常に動作してるようですね」

後ろからひょっこりヌル香が顔を出した。

「……これ、どういう武器？」

「さっき説明したじゃないですか。回転砥石《ディスクグラインダ》ですよ。ただの工具です」

「……何を磨くための工具？」

「恒星間戦艦の装甲です。輪切りにしたティプラーの円筒を砥石にして、ジャンプアウトしたばかりの戦艦にこびりついたエキゾチック物質を、時空間ごと削り飛ばすためのものです」

ほんの数片の花びらが空中に舞っているのを指差して、ヌル香は続けた。

「この現実テクスチャがあまり好きじゃないようでしたから、もう出血どころか死体も残らないような兵器にしてみました。いいでしょう？」

よくない。ちっともよくないが、そんなことを言っている場合ではなかった。

今の騒ぎで、すべての列強種族が空々梨の所在を知ったからだ。

衛星軌道や大気圏内に散らばって地上を見張っていた各種族の監視プローブが、空々梨に焦点を合わせた。

こっそり行こうという当初の計画は、一瞬で破綻していた。

「来ますよ。移動しましょう」

バトルドレスを翻して、ヌル香は下の階の通路の残骸へ飛び降りた。

空々梨は振り向いて、ちよを促した。

「先に行って」

「う、うん！」

おっかなびっくり戸口を出たちよは、いきなり足を踏み外した。

「ひあぁっ⁉」

手を摑む暇もなく悲鳴が遠ざかる。五階下の地面でどさっという鈍い音。

「ちよ⁉」

肝を潰して下を覗き込んだ空々梨は、よろよろ立ち上がるちよの姿を見て安堵の息をついた。

「び、びっくりした！　死ぬかと思った！」

こっちの台詞だ、と空々梨は思う。

パワードハーネスを作っておいて本当によかった。

空が明るくなったかと思うと、何十本もの荷電粒子ビームの光条が、衛星軌道から空々梨に襲いかかった。旋光性バックラーを掲げると、ビームは頭上数十メートルで湾曲し、跳ね返り、逸れて分散し、まったく関係のないところへ降り注いだ。

「早く下りてきてください、クー」

ちよの隣まで下りたヌル香が対空バトルドレスを展開させた。傘の骨組と見紛うような細く繊細な砲身が四門、上空を指向する。

「警告します。破片に注意してください」

ヌル香がそう言った直後、細い砲身からは想像できないような、凄みのある発射音が鳴り響いた。ブオオオオ、ブオオオ、ブオオオオオオン、他の音が聞こえなくなるくらいの轟音が何度かに区切って発せられ、ぴたりと止まった。電鋸《でんのこ》みたいな発射音が途絶えると、ヌル香の足許に落ちた無数の薬莢が触れ合ってちりちりと鳴るのが耳に残った。薬莢はどれも細い。弾頭は超音速の短針《フレシェット》だった。

次いで、上空、雲の向こうで何かが光り、光り、また光った。連続した遠雷のような音が遅れて響き渡り、撃墜されて落下していく数百発のミサイルとその子爆弾《サブミユニシヨン》が、煙の立ち昇る空を昼間の花火のように飾った。

「クー、この場を離れましょう」

下りてきた空々梨にヌル香が言った。身体から対空砲の硝煙がもうもうと立ち昇っている。

「わかった。移動しながらドロップシップを探そう」

「さっき手頃なのがいたのに、誰かさんがめちゃめちゃにしちゃいましたからね」

「私のせい、これ!?」

「そう訊ねられたら、クーのせいだと答えざるを得ませんね。せっかく気を遣って曖昧な表現をしたのに、台無しです」

「こんなバカげた武器作ろうって言ったのヌル香じゃ……」

「警告します。複数の大型戦闘車両と大型戦闘ロボットと大型戦闘生物が急速接近中です」

ヌル香が空々梨の言葉を遮って言った。

空々梨を見て、付け加える。

「陸戦部隊が来ました。その〝バカげた武器〟の出番ですよ、クー」

2

ついにクー・クブリスの居所を突き止めた列強種族は、先を争って陸戦部隊を地球上へ投下し始めた。

見たこともないデザインのドロップシップや気圏戦闘機が頭上を飛び交っている。軌道上から直接降下してきた空挺部隊のパラシュートで空はいっぱいだ。多脚の戦闘ロボットが家々を踏み潰し、瓦礫の散乱するその足許を無限軌道の戦闘車両が走り抜ける。四肢に兵器をフル装備した、戦車サイズの肉食動物が咆哮する。

それらすべてが、空々梨めがけて押し寄せて来た。

荒れ狂う戦争テクノロジーの嵐の中心で、空々梨たち三人はさながら台風の目だった。濃密な航空支援を受けた陸戦部隊を、空々梨のストームグラインダが文字通り消し飛ばしていった。何しろ対艦兵器ならぬ対艦工具を手持ちの武器として使っているのだ。アンフェアもいいところだった。

サブウェポンとして用意した冷黒物質ハンマーは、より精密な攻撃を指向した兵器だった。空間のツボとでも言うべき一点を叩いて、周囲の物質を、固体でも液体でも気体でもない、超臨界流体へと化す。この攻撃を受けて生き延びることのできる生命は、少なくとも列強種族の中にはいなかった。

冷黒物質ハンマーの一撃で沸騰するゼラチンのようになった戦車部隊が溶け崩れて、装甲表面から大量の毛を生やしたパワードスーツの一団を飲み込んでいく。襲ってくる種族の素性も名前もわからないまま、空々梨は超テクノロジー兵器を振るい続けた。

「クー、対地兵器にロックオンされています。ロックを解除するために、その場で飛んだり跳ねたりしてもいいですよ。効果があるかもしれません」

「はあ!?　何を――」

「ロック照射源を逆照射します。ロック解除を確認しました。対空射撃します。薬莢に注意してください」

ブオオオオン！　再び何秒かの対空射撃を行なってから、ヌル香は言った。

「飛んだり跳ねたりしませんでしたね。つまらないです」

言い返そうとしたところへ、悲鳴が聞こえてきた。

「く、くーちゃーん！　助けてー！」

ちよがパワードハーネスのハードポイントに装着した「護身用の」武器の一つ、物干し竿のように長大な空間歪曲ライフルに振り回されてふらふらしていた。

「こ、これ、どうやって止めるのー!?」

空間歪曲ライフルの銃口からは、散発的に弾丸が放たれている。弾丸は銃口を出た途端、湾曲した異様な弾道を描いて、思いも寄らない角度から遠くの敵へと襲いかかっていく。

「引き金を離して！」

「どれ？　引き金どれ？」

「今握りしめてるやつだよ！」

そう叫んだとき、地響きと共に、背後に巨大な気配が迫った。

「くーちゃん、危ない！」

振り返った空々梨の目に写ったのは、装甲のある六本足の象に似た戦闘用生物だった。後足で立ち上がり、前四本の足で空々梨を踏み潰そうとしている。ちよに気を取られていた空々梨は、完全に対応が遅れた。

――潰される⁉

ひやりとした瞬間、人影が戦闘用生物の眉間に降り立ち、手に持った刃物を柄に達するほど深く突き立てた。象に似た生き物は吼え猛り、地面を揺らしてその場に倒れ込んだ。

乱戦の中に飛び込んできたのは、シルクドッグだった。

激しい戦闘をくぐり抜けてきたらしい。白い霞のような迷彩は既に剝がれ落ち、全身を覆うプロテクターも傷だらけだ。

戦闘用生物の死骸の上から、呆然とする空々梨を見下ろして、シルクドッグは自らヘルメットをオープンした。硝煙のたなびく風に、虹色の髪が揺れる。

「クー・クブリス！」

二本のブレードを引っ提げた暗殺者は声を張り上げた。

「何をやっている？　他人に殺されるなど許さんぞ！　貴様は私の獲物だろうが！」

「ええっ⁉」

「我が完全無欠の戦績に付けられた一筋の傷、それが貴様だ」

シルクドッグはひらりと地面に飛び降り、ブレードを空々梨に突きつける。

「私を唯一殺した者、クー・クブリス――貴様を殺せば、K／D比を修正できる。我が戦績は再び一〇〇パーセントになる！　忘れたとは言うまいな。私を貴様の元へと送り込んだのは、他ならぬ貴様自身ではないか！」

――私自身？

空々梨は混乱する。

――過去の私が、私を殺すために、暗殺者を送り込んだってこと？

轟々と上空を横切る気圏戦闘機の編隊をちらりと見上げて、シルクドッグは低く構える。

「邪魔が入る前に早めに済ませた方がよさそうだ。死ね！」

シルクドッグがブレードを振りかざして跳躍したところへ、さらに何者かが飛び込んできた。

「お姉ちゃんに手を出すなあっ！」

「何!?」

乙女座ザヴィザヴァ星系の、妹型生物だった。

青いツインテールに擬態した脚でシルクドッグを蹴り飛ばすと、上からのしかかろうとする。

「お姉ちゃんは私のものなの！」

「邪魔をするな！」

シルクドッグは短刀を抜いて斬りつける。

暗殺者と偽の妹は、取っ組み合いながら遠ざかっていった。

ぽかんと二人を見送っていたちよが、空々梨を振り返った。

「……妹？」

空々梨は黙って首を横に振った。

「何やってるんです、二人とも」

今の一幕を見ていなかったらしいヌル香が歩み寄ってきた。

「立ち止まってないで、先へ進みましょう。さっきの有毛パワードスーツの一隊は、きっと近くにドロップシップを待機させてるはずです。それを見つければ……」

ヌル香の言葉を遮るように、空中にウインドウが現れた。

「生きてるか、クー・クブリス？」

画面の向こうにいるのはコードウェイナー菫だった。背後で州谷州わふれむが手を振る。

硝煙立ちこめる野戦陣地から送られてきたような映像だが、よく見れば映像の背景は〈偵察部〉の部室だ。窓の外に向けて大口径のハイテク銃器がずらりと並び、自動制御で射撃を行なっているようだ。

「列強種族はこの機会に〈偵察部〉へも攻撃を仕掛けてきている。こちらは拠点防衛に専念していて身動きが取れないが、上に変化があったので知らせる」

「上って？」

「列強種族の間に亀裂が生じている。〈ライブラリ〉はデマと互いの種族に対する誹謗中傷で埋まり、まともに機能していない。短時間でこれほどのネットワーク攪乱が自然発生するとは思えない。何者かが工作を仕掛けたんだ。おそらく大規模な組織が――」

「そんなに大規模な組織じゃありませんよ」

ヌル香が口を挟んだ。

全員がヌル香をまじまじと見た。

「……君がやったの？」

「はい。私です」

クーの質問に、ヌル香は誇らしげに答えた。

「家を出たときからずっと電子戦をやってましたから」

肩から提げた電子戦パッケージを、ヌル香は愛おしげにぽんぽんと叩いた。

黒い大鞄はブーンと唸って、側面のスリットから熱い排気を吹き出している。

「え、じゃあ、戦ってる間ずっと、ネット荒らしてたってこと？」

「人聞きの悪いことを言わないでください。〈ライブラリ〉への電子戦です」

ヌル香は主張した。

「いやー、ぬるぬる、やっぱり根性曲がってるねー」

賞賛の口調でわふれむが言った。

「きっと境遇のせいでしょうね」

ヌル香は眉一つ動かさず答えた。

「ともかく、軌道上では緊張が高まっている。散発的な撃ち合いも起こっているようだ。君たちへの攻撃の手も緩んでいるだろう？」

「そういえば……」

手をかざして空を見上げる。

昼間なので見づらいが、確かにちらちらと光が瞬くのがわかる。

軍艦同士の撃ち合いだろうか。

「このままエスカレートすれば、連中は――」

菫がそこまで言ったとき、聞いたこともないほど大きい、雷鳴に似た音が響き渡った。

天が割れたかと思うような轟音だった。

見上げると、上空に巨大な影が浮かんでいた。

スクラップを組み合わせたようなそのフォルムに、空々梨は見覚えがあった。

ウグルク人の軍艦だ。

「大気圏内にジャンプアウトしたのか!?」

画面の向こうで菫が驚愕の表情を浮かべている。

「馬鹿な。あの規模の恒星船が大気圏内で船体を維持できるはずがない——沈むぞ」

ジャンプアウトした時点で既に、ウグルク船は傷だらけだった。大口径レーザーや実体弾に穿たれた円形の傷跡が、生々しく船殻に焦げ目を残している。

そして菫の言うとおり、ウグルク船は断末魔の軋みと共に歪み始めた。突然の大気圏内ジャンプアウトという荒行に耐えきれなかったのだ。

重力と大気圧によってゆっくりと引きちぎられ、ばらばらになっていく船殻の裂け目からは、緑色のウグルク人と、松明を持った態が、はるか下の街に降り注いでいく。

「……軌道上で戦闘してるんだ」

空々梨の呟きに、ヌル香が頷く。

「かなり傷を負った船でしたから、攻撃を逃れるためランダムにジャンプしたんでしょう。大気圏内に出てしまうとは……運がなかったですね」

無惨な末路を辿る船を見つめるヌル香の目が、哀しげに見えたのは気のせいだろうか。

「ああ……どこかの種族が、強引な手段に出てきました」

「え？」

「見えますか、あれ？」

空々梨はヌル香の指し示す方向に目を凝らした。

はるか上空に、白い点が並んでいる。

点は徐々に下に向かって伸び始めた。じっと見ていると、直線上に並ぶそれらが、天から垂直に垂らされた、蜘蛛の糸のようなものだということがわかってきた。

「何、あの……糸？　ロープ？」

「一、二、三、四、五……五本並んでるね」

ちよが目の上に手をかざして言った。

ヌル香が首を横に振る。

「糸じゃありません」

「じゃあ、何？」

「遠近感がわかりにくいですが、あの〝糸〟はそれぞれ直径が一〇〇メートルはある軌道エレベータです」

「……軌道エレベータ？」

眩しさをこらえて目を凝らす空々梨の横で、ヌル香が説明を続ける。

「惑星上への本格的な侵攻に用いる、強襲揚陸軌道エレベータです。軌道上から都市破壊兵器を下ろしてくるつもりでしょう。エレベータをどかどか建てて、絶大な火力で制圧しようってわけです」

「……あれ？」

スマホを見ていたわふれむが声を上げた。

「あれ？　あれ？　これヤバいんじゃない？」

「どうした、わふれむ？」

「んーと、多分、質量兵器です。落ちてきます」

画面をスクロールしながらわふれむが答えた。

「あー。どこかの種族がブチ切れたんですね。クー・クブリスは確保できないし、軌道上では列強種族同士の殴り合いが始まって、どうすることもできないから、いっそ全部破壊してしまおうと思ったんでしょう」

「スペックは？」

「直径四〇〇キロの岩石と金属です」

空々梨とヌル香は顔を見合わせた。

「……例の隕石だ」

「ですね。いつどこから来るのかと思ったら、こういう形で来るとは」

わふれむがスマホを見ながら眉をひそめる。

「質量兵器、地球衝突軌道に乗ったよ。あれ、でもおかしいな。変な軌道……少しスピンしてる。このままだと、落ちる座標は……あー、そこだね」

「そこって？」

「そこだよ、そこ」

わふれむは画面のこちらに向かって指を差した。

「あなたのいるまさにその地点だよ、クー・クブリス」

「つまり、私を狙って投下されたの？　だったらもしかして、私がドロップシップで地上を離れたら、衝突が回避される？」

「可能性はあるけど……いや、ちょっと待って。あなたじゃない」

「え？」

食い入るようにスマホを見つめていたわふれむが顔を上げた。

「……ちよちゃんだ」

「へ？　あたし？」

「うん。多分、ちよちゃんの重力特異点にロックオンしてる。この隕石、ちよちゃんを破壊するために投下されたんだ」

3

「わふれむ、〈石棺《サルコファガス》〉を準備しろ！」

菫が叫び、画面の中からちよに目を向ける。

「ちよ、申し訳ないが、やはり君には停滞《ステイシス》フィールドに入ってもらわなければならないようだ。質量兵器が——あの隕石が君をめがけて飛来するならば、君の時間を止めることで、君の存在を隠してしまわなければならない」

「あ……あたし……」

「待った！」

青ざめて立ち尽くすちよを画面から隠すように、空々梨は前に出た。

「ちょっと待ってよ。ちよを停滞《ステイシス》フィールドに隠したとしても、隕石はもう衝突コースに乗ってるんだよね？　対処しなきゃならないのは一緒じゃない」

　菫が言葉に詰まった。

「……確かにそうだ。だが……」

「聞いて。考えがあるんだ。できるかどうかわからないけど」

「隕石を破壊する手段を持っているのか？　君が？」

「私じゃなくて、ちよがね」

「えっ、な、何、くーちゃん？」

　空々梨はちよに向き直った。

「山一つくらいなら食べ尽くせるって言ってたよね？」

「う、うん……多分……？」

「あれはどう？」

　空々梨は空を指差して言った。

「隕石、食べてみたくない!?」

　なかば瓦礫に埋もれたドロップシップを発見して乗り込むのに五分。ヌル香が全システムを把握するのに三分。操作権限ごと完全に乗っ取るのに一分。エンジンを始動して点検が終了するまで一分。全一〇分で、すべての準備が整った。

「ほんと⁉　ほんとにあたしが食べるの、あれを⁉」

エンジンの駆動音に負けないように、ちよが声を張り上げた。空々梨も叫び返す。

「うん！　食べちゃってよ！　全部残らずね！」

「信じられないよ、くーちゃん！」

「ベルト締めましたね？　離陸しますよ！」

操縦席に着いたヌル香が言った。

「ベルト緩いよ、ぬるちゃん！」

「人類よりも大型の種族の船ですから仕方ないです！　しっかり摑まっててください！」

空々梨とちよは一つの座席を共有していたが、それでもベルトは緩かった。船の元の持ち主に比べて、身体の厚みが圧倒的に足りていないのだ。空々梨は高い位置の肘掛けを握りしめ、ちよは空々梨の腕にしがみついた。ちよの身体の柔らかさと体温、速い息遣いをごく身近に感じて、空々梨は密かに動揺する。

「どうかした、くーちゃん？」

「な、なんでもない！」

ヌル香がいっぱいに腕を伸ばして推力ベクトルレバーを押し込んだ。

エンジンが咆哮して、ドロップシップはゆっくりと地面を離れた。機体の上に乗っていた瓦礫ががらがらと落下する。

一〇メートルほど上昇してから、ヌル香はスロットルを開いた。

尻を蹴飛ばされたようなショックと共に、異星の船は発進した。急加速で身体がシートに沈み込む。

ちよがさらに強く空々梨にしがみついてきた。何か叫んでいるが、ほとんど聞き取れない。

青空に指数曲線の雲を描いて、ドロップシップは急上昇していった。

やがて加速が穏やかになり、水平飛行に移る。

操縦席の窓から、大気圏に突入してきた隕石が見えていた。大きい。

わふれむは直径四〇〇キロなんて宇宙では塵に等しい……などと言っていたが、至近距離で目にすると、めちゃめちゃ大きい。

「も、燃えてるよ⁉　あんなのどうやって食べるの⁉」

ちよが気後れしたように言った。無理もない。隕石は大気摩擦で赤熱し、周辺には爆発的に雲が発生していた。雲の中では激しい稲妻が走っている。食べるどころか、近づくことすらできなさそうだった。

「ちよ、箸箱を開けてください」

「箸箱……えっ、箸箱？」

パワードハーネスに装着していた細長い箱の中からちよが取り出したのは、一膳の箸だった。

角度によって多彩な光を放つ、燃えるような黄金の箸だ。

「これほんとに箸箱だったんだ！」

「空間テンソル選択スティックです。空間を〝選択して切り取る〟機能があります。これを使えば、燃えている隕石でもそのまま口まで運ぶことができるはずです」

「えっと……？」

「何でも摑めるお箸です」

「わかりやすい！」

「よかった。では、早速食べてもらいましょう。クー、露払いをお願いします」

三人は船体後部のカーゴベイへ移動した。

吐く息が白い。気圧が低いため息苦しく、呼吸が荒い。

カーゴベイの扉を開くと、吹き荒れる風が一気に流れ込んできた。

ドロップシップは視界のほとんどを埋め尽くすほどの近距離まで隕石に接近していた。

「あれ、なんかこっちに来てない？　気のせい？」

「気のせいじゃありませんよ。あれはちよを狙う質量兵器ですから」

よく見れば、炎に包まれた隕石の表面には、あちこちに杭やアンテナなどの人工物が見えていた。

「ねえ、くーちゃん。誰があたしなんか狙うのかな？　宇宙に行ったことないのに」

「わかんないけど、狙いはちよじゃないんじゃない？　ブラックホールが目当てなんでしょ、多分」

「迷惑だなあ」

ちよはぶつくさ言いながら、空間テンソル選択スティックを持ち上げる。

「……いつでもいいよ、くーちゃん」

空々梨は頷いた。

そして右手を振りかぶり、ストームグラインダを最大出力で叩きつけた。

隕石を取り巻く雷雲のうち、ドロップシップに面した側が拭い去られたようにかき消えた。赤熱する隕石表面が露わになる。

「接近します」

ヌル香が言うと同時に、ドロップシップと隕石の間の距離が一気に縮まっていく。

急速接近する隕石に向かって、ちよが箸を伸ばした。

「じゃ、じゃあ……いただきますっ！」

ちよの手元で箸が閉じると、隕石の表面が大きくえぐれて掻き取られ、空間を越えて手元の箸の上に乗っていた。隕石はざっと数百メートル単位でえぐれているように見えるのに、箸の上に乗っている塊は数センチしかない。

ちよは躊躇なくそれを口に運んだ。

「はむ」

そして食べた。

「あふいっ！　あふ！　あふっ！」

口を押さえて涙目になるちよ。

「だ、大丈夫!?」

苦労しながらごくりと飲み込んで、ちよは言った。

「熱い！　でもおいしい！」

「おいしいの!?」

「食べてみない、くーちゃん？」

「やめっ……こっち近づけないで！」

箸先に残った塊を突きつけられて、空々梨はのけぞる。

「おいしいよ？　ちょっとたこ焼きみたいだよ？」

「た、たこ焼き……」

思いがけず味の想像が出来る食べ物を例に出されて、ちょっと心が動いた。

しかし、ちよがこれを食べられるのは、あくまでブラックホールと一体になっているからだろう。言われるままに「あーん」されたものを口にして、自分が無事で済むとは思えなかった。

ちよは再び手を伸ばし、黄金の箸で隕石を掻き取る。

食べ進むにつれて内側の機械部分が見えてきたが、ちよは区別せず口にした。

直径四〇〇キロの質量がちよのお腹に消えるまで、一〇分とかからなかった。


「……ふぅ。ごちそうさまでした」

ちよは箸を持った手で行儀良く合掌した。

「食べたよ、くーちゃん！」

「うん……食べたね……」

目の前で展開された光景の衝撃で、まだ少し呆然としながら空々梨は答えた。

「凄いね、ちよ。地球救っちゃったぞ」

「えへへ。いくらでも行けるよー。おかわりがあってもいいくらい」

巨大隕石が消え失せた高々度の空は、黒に近いほど青く澄み渡っていた。

隕石の名残のように浮かぶ雲の切れ端も、強い気流に引きちぎられて霧散していく。

紫外線の強い空を、目を細めて見ていたヌル香が口を開いた。

「隕石はなんとかなりましたが、あれも対処しなければいけませんよ」

指差す先には、天から地上に向かって着々と伸びつつある強襲揚陸軌道エレベータがある。

「あれも食べればいいの？」

「隕石と違って反撃してくるので、少々厄介ですね。あれ自体が惑星強襲用の要塞ですから。何か別の手段を考える必要があります」

「わかった。とりあえず操縦席に……」

戻ろうと踵を返した空々梨は、すぐそばに自分たち以外の存在がいることに気付いた。

カーゴベイの片隅から煙のように現れたのは、見たこともない獣だ。

乾いて、痩せ細り、悪意をもってねじ曲がった体軀。

犬とは似ても似つかないが、なぜか犬を思わせる生き物だった。

青い膿汁を身体中から滴らせながら、そいつが部屋の角から飛びかかってきた。

「危ない！」

「きゃっ⁉」

ヌル香とちよを突き飛ばした空々梨に、犬ならぬ犬が迫る。

床に倒れたヌル香とちよが、顔を上げてその獣を見た。

「……ティンダロスの猟犬！」

「やっ、何これ⁉　気持ち悪い！」


ティンダロスの猟犬の名で知られるこの異様な生き物は、ティンダロス領域と呼ばれる時間の「角度」に潜む、時間旅行者の天敵だ。

不注意な時間旅行者を見つけると、角度から角度へと飛び移り、数億年の時間差をものともせず、執念深く獲物を追い詰める。

時の果てのモニタールームから放たれた猟犬は、時間サーバの角度変数を渡り歩き、永劫の時を越え、ここでついに求める獲物に追いついたのだ。

猟犬に飛びかかられた空々梨は、バランスを崩して転倒した。

倒れた先には、何もなかった。

あっ、と思ったときにはもう、カーゴベイの端から落ちていた。

猟犬と組み討ちながら落ちていく空々梨の視界に、カーゴベイからいっぱいに身を乗り出して叫ぶヌル香の姿が映った。

ヌル香の唇が、自分の名の形に動くのを、空々梨は見たと思った。


「くーちゃんっ！」

ちよが瞬きした間に、空々梨の姿は消えていた。

真っ青になったヌル香が、カーゴベイの端で立ち尽くしている。

「ぬるちゃん、くーちゃんが！」

「…………」

「ぬるちゃん！　この船で追いかけよう！」

「…………いえ、間に合いません。この船は鈍重すぎます」

平板な声でヌル香が言った。

「少し、待っててください。帰って来られなかったらごめんなさい」

「え？」

言葉の意味を測りかねて戸惑った一瞬、ヌル香がちよの唇にキスをした。

長いキスだった。

「ん～～～～!?」

「ぷはっ」

へたへたとくずおれるちよを見下ろして、ヌル香は唇をぬぐった。

「補給です。ごちそうさまでした」

生真面目にそう言って、電子戦パッケージを肩に担ぐと、ヌル香は無造作にカーゴベイから虚空へと足を踏み出して姿を消した。


落ちていく。耳元で風が轟々と鳴っている。完全な自由落下状態で、空々梨はティンダロスの猟犬と格闘していた。猟犬の身体を覆う青い膿汁は、触ると皮膚に火傷のような痛みを残した。得体の知れない臭いのする口腔が空々梨に噛みつこうと迫る。

ハンマーもバックラーも、飛びかかられたときにどこかへ吹っ飛んでしまった。すぐそばを一緒に落下しているストームグラインダを、空々梨は摑もうとする。

——もう少し、もう少しで……！

必死で手を伸ばす空々梨を嘲笑うように、ストームグラインダは指一本分届かない位置を保って落下していく。

（手、危ないですよ）

不意に脳内に声が響いた。

キュン、と何かが至近距離をかすめたかと思うと、落ちていくストームグラインダが、何かにぶつかったみたいに回転し始めた。

伸ばした指がフレームの端にかかった。

（ストームグラインダの砥石は、輪切りにしたティプラーの円筒です）

頭の中でヌル香が冷静に囁いた。

（この砥石は空間だけではなく時間をも削るので、超時間存在であるティンダロスの猟犬を倒せます。摑んで、削ってください！）

しつこく嚙みつこうとする猟犬の首を全力で自分から遠ざけようとしながら、もう片方の手の指先でフレームをたぐりよせた。

とうとう摑んだストームグラインダを、猟犬の首に押しつける。

犬のものではない異様な悲鳴が上がり、猟犬の顔から左半身が削り飛ばされて消滅した。

猟犬の身体が力を失い、空々梨の身体を離れ、空中でばらばらに分解して消滅した。

まさか、と思いながら見上げた空々梨の視界に、スカートを押さえながら急降下してきたヌル香の太ももが映った。

ヌル香は熟練のスカイダイバーのように空々梨と高度を合わせると、空中で電子戦パッケージに腰掛けて足を組んだ。

「ま……まったく、世話の焼ける人ですね！」

息を切らしていた。技術は何とかなっても、体力はついてこないようだ。

「なんで落ちるんですか、あそこで！　たかが犬ですよ、足腰弱ってんじゃないですか!?」

「あ、あのさ。一つ訊いていい？」

「なんです！」

「飛べるんだっけ、ヌル香って」

「飛べませんよ！　ばか！」

「じゃあなんで来たの!?」

「さあ、それです」

ヌル香は急に改まって言った。

「私たちはあと数十秒後、終端速度で地表に激突します。知りたければお教えしますが、だいたい時速二〇〇キロくらいです。死にます」

「だからなんで来たの!?　死ぬなら私だけでいいじゃん!」

「よくありませんよ!　ばか!」

「バカバカって君……」

「いいから!　生き残る方法は一つです。なんとかして飛べるようにならなければいけません。世界線混淆エンジンを駆動させてください。かなり恣意的でピンポイントな現実改変が必要です。エネルギーは補給してきました。このときに備えて演算アシストも依頼してあります。あとはクーのGOをもらうだけです!」

「演算アシストの依頼って何の話?」

「この電子戦パッケージの中身は、オフ会で出逢ったAIたちの代理演算装置です。私が遊びや暇つぶしでオフ会に行くとでも思ってたんですか?　彼らの協力があれば、世界線をピンポイントでいじれるんです。だから、クー、世界線混淆エンジンの駆動許可を!」

「だけど、宇宙をこれ以上――」

「クー!　ゴー・オア・ノー・ゴーです、決断してください!」

空々梨はヌル香の目を見た。

幼い頃から身近にいた従姉妹のヌル香。

これほど感情を剝き出しにした彼女を、空々梨は初めて見た。
ちよ。〈偵察局〉。菫。わふれむ。列強種族。いくつもの顔が脳裏をよぎる。
——これ以上、宇宙をかき乱すな。
——あれはどこだ？　おまえが無の向こう側から持ち帰ったもんだよ。
——どうにかできるでしょう？
全員を満足させられる選択肢など、もとよりない。
それなら……。
葛藤は大きかったが、決断は一瞬だった。
「——やって、ヌル香！」
「はい、クー。世界線混淆エンジンを二マイクロ秒駆動します！」
ヌル香はカキンとヌルイコライザーをクリックした。

◇

次の瞬間、ショートドレスの少女の姿は世界から消滅した。

4

「……ヌル香？」

返事はなかった。

「ちょっと、ヌル香……？」

聞こえてくるのは、凄まじい勢いで吹き上げる風の音だけだ。

雲を抜けて落下していく空々梨に向かって、時速二〇〇キロで地面が近づいてくる。

しかし迫り来る落下死よりも、今の空々梨には、ヌル香がいなくなったことの方が問題だった。

「ヌル香!?　ねえ、嘘でしょ!?」

《嘘ですよ》

背後から聞こえた声に、空々梨はびくりと振り返った。

いつの間に近づいていたのか。

そこに、一隻の小さな宇宙船が浮かんでいた。

《すみません。出現座標が少々ずれました》

その船が喋った。
紛う事なき、ヌル香の声だ。
美しい船だった。
白を基調に、碧みを帯びた色合い。
夜明けの黄金色が、翡翠の緑色が、機体の上で星のように瞬いている。
地球のデザインとはまるで違う、異星の船。
それなのに、なぜか、強烈に馴染みがある。
言うまでもなく、船の名前はわかっていた。
〈ヌルポイント〉。クー・クブリスの、偵察船《レコシップ》だ。
不意に涙が溢れてきた。
記憶は戻らないままに、心の奥がなぜか反応して、溢れてきた涙だった。
《泣かせてしまいましたか？》
「うん」
空々梨は頷いて、鼻を啜った。
「泣いちゃったよ、ヌル香」
《まったくもう。頼りないですね》

皮肉のこもった口調は相変わらずだ。
《ところで、クー。あと何秒かで死にますが、よろしいですか？》
「よろしくない。乗せてよ、早く」
空々梨の下に滑らかに移動した〈ヌルポイント〉のキャノピーが開き、空々梨を静かにコックピットに迎え入れた。頭上でキャノピーが閉まり、吹き荒れる風を遮った。
《憶えてますか？　思い出しましたか？》
シートに収まった空々梨は、コックピットの中を見回した。
どの計器がなにを示しているのか、どのレバーを押せば何が起きるのか、詳しいことはまったくわからない。ただ、知っている場所という感覚があった。とても馴染みのある場所だった。
「まだちゃんと思い出せないみたい。ごめんね、ヌル香」
《さっさとお願いしますね、クー》
〈ヌルポイント〉は地面すれすれに滞空していた。列強種族の侵攻で崩れかけたビル街が周囲に見える。シートから伝わってくる機体の駆動音が、次第に高まっていく。
《ふふ、ふふふ、ふふふふふ》
ヌル香が不敵に笑った。

《行きますよ、クー！》
轟然とエンジンが吼えて、空々梨をシートに叩きつけた。
小さな偵察船《レコシップ》が、空へと駆け上っていく。
《ああ！　やっと！　やっと飛べた！》
蒼穹へ向かって急上昇しながら、ヌル香は高らかに喜びの声を上げた。煙の上がる都市の上空を駆け抜け、地表へ向かって迫り来る強襲揚陸軌道エレベータの方角へ飛翔する。
「嬉しそうじゃん、ヌル香！」
《当たり前です！　それと、私の名前は〈ヌルポイント〉です》
「わかってる。でも、私にとってはヌル香でもあるんだ」
《まあ、いいですよ、そう呼んでも。特別ですよ》
澄ました声でヌル香が言った。
《さあ、どうします？　小さいけれど勇ましく、美しくて残酷な、命知らずの偵察船《レコシップ》〈ヌルポイント〉に、何をさせたいですか、クー？》
「あの軌道エレベータを壊せる？」
《……壊せるか、ですって？》
「あ、やっぱ駄目か――」

《壊せるに決まってるでしょう！　この機体《からだ》なら、人間のときとは比べものにならない火力があります。全部バッキバキに折ってやろうじゃないですか》

五基の強襲揚陸軌道エレベータに近づくと、何百もの砲塔と、無数の戦闘機が〈ヌルポイント〉を出迎えた。

軌道上のプラットフォームを基点に、下方向へ急ピッチで建設されていく軌道エレベータ群は、濃密な弾幕で防衛されていた。

弾幕をすり抜け、迎撃機を強力なレーザーで撃ち落としながら、〈ヌルポイント〉は大気中の窒素から作成する無尽蔵の爆弾を投下していった。

大気そのものが発火したような凄まじい爆発が連鎖する中を、〈ヌルポイント〉は傷ひとつ負わずに飛んでいく。重力も慣性も無視した機動に空々梨が目を白黒させている間にも、強力なレーザーに敵機は次々と切り裂かれ、爆散していった。

わずか一〇分ほどの交戦で決着はついた。五基の軌道エレベータは何箇所も折れ、ばらばらになって、地上に向かってゆっくりと倒れ込んでいった。

《ふぅ。ざっとこんなもんです》

「す……凄いね、ヌル香」

唖然として空々梨は呟いた。
《当たり前ですよ、クー》
ヌル香はツンとして答えた。
少し沈黙してから、ヌル香は静かな口調で言った。
《……さっきは本当に死ぬところでしたね、クー》
「私が落ちたときのこと？」
《ちょっとだけ、驚きました。ちょっとだけですが》
「私もヌル香が後から落ちてきて、ほんとにびっくりした」
また少し黙ってから、ヌル香は続けた。
《以前、私の境遇を、〝考えられる限り最悪の運命〟と言いましたが、憶えてますか》
「え？　ああ、人間になったこと？」
《それを訂正します。〝最悪から二番目〟に》
「いや……どっちでもいいけど。最悪は何なの？」
《お答えできかねます》
すましてヌル香が言った。
《――ところで、あそこで倒れていく軌道エレベータですが、どの軌道エレベータも一万メートル以上あるので、あれが地上に倒れたら、長さ一万メートル、幅一〇〇メートル以上の帯状の地域が五本分壊滅しますが、よろしいですか？》

「よろしくない！　やばい、早く……」

そう言いかけて、空々梨はぽかんと口を開けた。

目の前の光景が、急にぐにゃりと歪んだのだ。

今まさに地表に向かって倒れようとする軌道エレベータの残骸が、空中でよじれて、まるでフォークに巻き取られるパスタのように、くるくるとまとまって、空の一点へ向けて漏斗状に収束していく。

その一点にあるのは、小さなドロップシップ——空々梨たちが乗ってきたドロップシップだ。

「——ちよだ」

空々梨は呟いた。

あのドロップシップには、ちよが一人で待っている。

強襲揚陸軌道エレベータが破壊されたのを見たちよが、地上に大規模な破壊をもたらすはずの残骸を、空間テンソル選択スティックを使って食べてくれているのだ。

見ているうちに、五基のエレベータの長大な残骸は、すっかり完食されてしまった。

ドロップシップへ辿り着いて、〈ヌルポイント〉から乗り移ると、涙をいっぱい溜めたちよが空々梨に抱きついてきた。

「死んじゃったと思ったじゃん！　ばかー！　ばかー！」

「いや、私も死んだかと思った」

「ばか！」

「本当にバカですよね、クーは」

驚いて振り返ると、元通りショートドレス姿のヌル香がカーゴベイに立っていた。

「ぬるちゃん！　よかった……！」

駆け寄って抱きつくちよの頭を撫でながら、ヌル香は空々梨を見て、眉を寄せた。

「なんです、クー、そんな顔して」

「いや、その……偵察船《レコシップ》になったものとばかり……」

「どうせなら、可変の方が何かと便利でしょう」

何を当たり前のことを……とでも言うように、ヌル香は肩をすくめた。

「人間の姿も、悪いことばかりではありませんしね」

そう言って、ヌル香はわずかに微笑んだ。

エピローグ

時間割（八日目）

一時間目　国語　　　　物質化した単語の性質と危険度
二時間目　銀河共通語　コミュニケーション共通語
三時間目　体育　　　　量子サッカー
四時間目　数学Ⅰ　　　二次関数
五時間目　物理　　　　愛の力と暴力
六時間目　現代社会　　モノ資源惑星・モノエネルギー惑星問題

空々梨は教室の窓から外を見ていた。

グラウンドでは別のクラスがサッカーをしている。

前の時間は、空々梨のクラスもサッカーだった。

ルールが少し特別で戸惑ったが、慣れると面白かった。

接戦のまま、波動関数五〇パーセント対四八パーセントで決着した。

今は体育の後の数学で、とても眠い。

どうにか黒板の二次関数に集中しようとするが、ついうとうとしてしまう。

(クー。しっかりしてください)

(眠いものは眠いんだよ)

(眠ると殺されますよ、シルクドッグに)

教室の反対側の席で、制服姿のシルクドッグが、いつもの通り空々梨に殺気を放っている。

目を合わせたくなくて、もう一度外を見た。今日は空気が澄んでいて、墜落したウグルク船と、その周りに林立するクレーンの群れがはっきり見える。

あの後、めちゃめちゃになった世界を少しでも復旧するため、何度か世界線混淆機《ワールドシャッフラー》を駆動した。結果、被害者の数は奇跡的に少なくなったものの、元通りの世界に近づけるのは、何度試みても無理だった。

シルクドッグはいつの間にか同級生になっていた。

二日前の朝のホームルームで、白い制服に身を包んだシルクドッグを担任が紹介したときには、鼻水が出そうになった。

向こうは向こうで空々梨の記憶があるらしく、最初の一日で八回命を狙われた。

次の日の朝は空々梨の家に侵入してきたところを、同じく屋根裏に侵入していた妹型生物と鉢合わせて格闘になり、空々梨の部屋の天井から組み討ちながら落ちてきた。そのときに負傷したらしく、それ以降はしばらく襲われていない。

妹型生物には、なつかれてしまった。

最初に遭遇したときはあんなに大胆だったのに、なついた今では恥ずかしがってなかなか顔を出さない。それでもときどき視線を感じるから、近くには潜んでいるのだろう。今も教室の天井裏にでもいるのかもしれない。

菫にはしこたま怒られた。時間警察から〈偵察局〉に対してクー・クブリスの身柄引き渡し要求と、交叉時点で馬の群れに襲われて瀕死の重傷を負った係官に対する損害賠償請求があり、強制執行部隊との戦闘にかなりの労力を割いたという。

「惑星滅亡を回避した件に免じて今回だけは猶予を与えるが、脳をほじくり返されたくなかったら、さっさと記憶を取り戻せ！」

　菫は両手をばんばん机に叩きつけて怒っていた。

「これ以上宇宙をかき乱すな！」

　実際、世界はかなり混淆してめちゃめちゃになった。

　だけど、終わってみれば……まあまあマシなところに落ち着いたのではないだろうか。

　四時間目終了のチャイムが鳴れば、ちよがお腹を空かせてやって来る。

　三人で中庭に出て、一緒に弁当を食べるのだ。

　自分がどんな奴かは、未だによくわからないが――

　かつてのクー・クブリスも、そんな小さな幸せを楽しみにする奴だったんじゃないだろうか。

　後でヌル香に訊いてみよう、と空々梨は思って、また窓の外に目を戻した。

　学校の外の道を、どこかで見たような女子高生が、フランスパンをたくさん抱えた若い男と二人、幸せそうに歩いていく。

（……ところで、クー。報告があります）

　ヌル香が改まった雰囲気で念話を飛ばしてきた。

（どうしたの？）

（シルクドッグの持っていた記憶媒体、憶えていますか）

（……ああ、あれ）

シルクドッグが首に提げていたやつだ。

元はクー・クブリスの持ち物だということだったが。

（偵察船《レコシップ》形態に戻ったときに、中身を見てみました）

（えっ？）

授業中にもかかわらず、思わず後ろの席のヌル香を振り返ってしまう。

「何が入ってたの？」

ひそひそ声で空々梨は訊いた。ヌル香が囁き返す。

「あれは暗号デコード用のキーです、クー。過去のあなたから送られてきたメッセージの暗号化が、これで解けます」

「あの文字化けしたみたいなやつ？」

「はい」

「……メッセージは、なんて？」

その問いへの答えは、すぐには返ってこなかった。

「地図です」

「え？」

「あれは圧縮された地図でした。この銀河を、銀河群を、銀河大壁《グレートウォール》を超えて、宇宙の果てのさらに先にある何かの場所を示した、星図データです」

「宇宙の果ての先にある、何か……？」

ウグルク人が言っていた言葉を思い出す。

——無の向こう側。

「星図のその場所には、〝数学素材の事象ケージでバインドされた重力特異点〟の情報が紐付いていました。どこかで聞いたことがありませんか？」

「——ちよのブラックホールだ」

「ええ。あれは、ただのブラックホールではないようですね」

ふと、視線を感じて顔を上げると、ヌル香と目が合った。

いつもどおり冷静に見えるヌル香だが、その瞳は空々梨を見つめてきらきらと輝いている。

「宇宙の外側ですよ、クー。ちよは、宇宙の外側から来たんです。かつてのクーは、そこへ行き、あれを持ち帰ったんです」

頬を紅潮させたヌル香の表情は、憤慨しているようにも、わくわくしているようにも見えた。

「……ただのブラックホールじゃないなら、あれは……何なの？」

「わかりません。しかし、星図データにはコメントがついていました。未来の自分――つまりあなたに宛てた、クー・クブリス本人のコメントです」

「私に？」

「はい。内容はこうです――〝無の向こう側で、ヤバいものを見つけた。なんとか盗み出したが、列強種族に追われている。星図のデータを暗号化し、デコード用のキーを報酬と偽ってシルクドッグに託し、自分への暗殺を依頼した。奴の腕前なら、世界線混淆機《ワールドシャッフラー》で自分がどんな姿になっていたとしても、確実に自分の居所を突き止め、暗殺に来るだろう……〟」

「……だからシルクドッグは私に暗殺を依頼されたって言ってたのか！」

一つ腑に落ちたが、あまり愉快な真実ではない。

空々梨の複雑な気分に構わず、ヌル香はクー・クブリスのコメントを読み上げ続けた。

「〝キーの運び屋として使われたと知ったらシルクドッグは怒り狂うだろうが、自分なら対処できる。今の状況を乗り切るためには、かなり大規模な世界線混淆を行なわなければならない。この方法ならシャッフル後の世界線で星図データと重力特異点を受け取ることができる。宇宙の果ての、その先への扉だ。なんとしても、扉の向こうへ――〟」

　空々梨の顔色を見て、ヌル香は言葉を切った。

「どうかしましたか、クー？」

「か……勝手なこと言いやがって……！」

　授業中であることも忘れて、空々梨は思わず立ち上がっていた。教室中の視線が集まる中、憤慨の叫びを上げる。

「――何もかも、ぜーんぶ、自分のせいじゃんっ!!」

　ヌル香がため息をついてかぶりを振った。

　街の向こうでは、ウグルク船のクラッシュ・サイトを中心にして、商業用軌道エレベータの建設が始まろうとしていた。

あとがきと参考文献

　本作はもともと『ウは宇宙ヤバイのウ！〜セカイが滅ぶ5秒前〜』のタイトルで、一迅社文庫から二〇一三年に刊行されたライトノベルです。自信作だったのですが予想に反してなんとまったく売れず、続刊できなくなったことに未練タラタラで、しつこく言い続けた結果、早川書房からめでたく復刊してもらえる運びとなりました。

　紙版だけでなく電子版も買えない状況が長らく続き、後から知って読みたいと言ってくださった皆さんにはご不便をおかけしました。これは決して一迅社のせいではなく、物理書籍の店頭在庫がなくなった時点で、復刊を目論んで版権を引き上げさせてもらったためです（つまり私のせいです）。たいへんお待たせいたしました。

　復刊に当たって文章に多少手を入れました。十年前のライトノベルということで時代を感じる描写を変更し、また百合にしたかったので主人公を女性にしました（当時のライトノベル環境では女性主人公は売れないと言われていて企画が通らなかったので、百合にするという選択肢すら思い浮かびませんでした)。とはいえ変更はそれくらいで、話はそのままです。元のバージョンをご存じの読者は最初は戸惑われるかもしれませんが、意外とすぐ慣れて違和感がなくなると思います。初読の方は、もとより何も気にする必要がありません。

作中出てくる中国語は、京都大学大学院人間・環境学研究科の赤桐敦先生に、ヒンディー語は大阪大学言語文化研究科言語社会学専攻の西岡美樹先生に、それぞれ作文していただきました。もう十年前のことですが、改めてありがとうございます。

本作には多数のSF作品、またSF以外のパロディやオマージュが含まれています。主なものを挙げれば、例えば以下のようになります。

レイ・ブラッドベリ『ウは宇宙船のウ【新版】』東京創元社、二〇〇六
2ちゃんねる哲学板「宇宙ヤバイ」コピペ、二〇〇一
ダグラス・アダムス『銀河ヒッチハイク・ガイド』河出書房新社、二〇〇五
マーク・ミラー『偵察局』ホビージャパン、一九八八
グレッグ・ベア「鏖戦《おうせん》」早川書房『鏖戦《おうせん》／凍月《いてづき》』収録、二〇二三

デイヴィッド・ブリン〈知性化〉シリーズ、早川書房、一九八五～
マイク・レズニック『サンティアゴ――はるかなる未来の叙事詩』東京創元社、一九九一
K・W・ジーター『ドクター・アダー』早川書房、一九九〇
ケン・セント・アンドレ「トロールストーンの洞窟」書苑新社『カザンの闘技場』収録、二〇一七
高橋よしひろ『銀牙 -流れ星　銀-』サード・ライン、二〇一五
吉村昭『羆嵐』新潮社、一九八二
テリー・ビッスン「熊が火を発見する」河出書房新社『ふたりジャネット』収録、二〇〇四
柳田国男『妹の力』KADOKAWA、二〇一三
ハーラン・エリスン『世界の中心で愛を叫んだけもの』早川書房、一九七九
フランク・ベルナップ・ロング「ティンダロスの猟犬」青心社『クトゥルー5』収録、一九八九
グレッグ・イーガン「ボーダー・ガード」早川書房『しあわせの理由』収録、二〇〇三

ほか、ここには挙げきれないほど多数の「参考文献」があります。パロディのネタ元をわざわざ書くのもヤボですが、自分が子供のころ、作者がどういうものを見聞きしてその本を書いたのかを知るのは、一冊の本から世界が広がっていくようで好きだったので、復刊を機にあえて書いてみました。なのでアクセスしやすさ重視で、なるべく手に入りやすい最新のバージョンを挙げています。

（それでも古本じゃないと入手できないものがありますが……図書館で取り寄せるか、出版社に復刊の希望を送りましょう！）

（とはいえ、パロディのネタなんてひとつも知らなくたって面白く読めるように書いているので、ご心配なく）

さて、前のバージョンでは続刊できませんでしたが、今回はどうでしょうか。空々梨とヌル香の冒険、もっと読みたいと思ってもらえたら嬉しいです。

二〇二三年八月

本書は二〇一三年十二月、一迅社文庫より刊行された作品を、
改稿のうえ再文庫化した〔新版〕です。

裏世界ピクニック
ふたりの怪異探検ファイル

宮澤伊織

仁科鳥子《にしなとりこ》と出逢ったのは〈裏側〉で〝あれ〟を目にして死にかけていたときだった――。その日を境にくたびれた女子大生・紙越空魚《かみこしそらを》の人生は一変する。実話怪談として語られる危険な存在が出現する、この現実と隣合わせで謎だらけの裏世界。研究とお金稼ぎ、そして大切な人を捜すため、鳥子と空魚は非日常へと足を踏み入れる――気鋭のエンタメ作家が贈る、女子ふたり怪異探検サバイバル！

アステリズムに花束を

百合ＳＦアンソロジー

ＳＦマガジン編集部＝編

百合——女性間の関係性を扱った創作ジャンル。創刊以来初の三刷となったＳＦマガジン百合特集の宮澤伊織・森田季節・草野原々・伴名練・今井哲也による掲載作に加え、『元年春之祭』の陸秋槎が挑む言語ＳＦ、『天冥《てんめい》の標《しるべ》』を完結させた小川一水が描く宇宙ＳＦほか全九作を収める、世界初の百合ＳＦアンソロジー

最後にして最初のアイドル

草野原々

〝バイバイ、地球――ここでアイドル活動できて楽しかったよ。〟ＳＦコンテスト史上初の特別賞＆四十二年ぶりにデビュー作で星雲賞を受賞した実存主義的ワイドスクリーン百合バロックプロレタリアートアイドルハードＳＦの表題作をはじめ、ソシャゲ中毒者が宇宙創世の真理へ驀進する「エヴォリューションがーるず」、声優スペースオペラ「暗黒声優」の三篇を収録する、驚天動地の作品集！

著者略歴　秋田県生，作家　「神々の歩法」で第6回創元ＳＦ短編賞を受賞　著書『裏世界ピクニック　ふたりの怪異探検ファイル』『そいねドリーマー』（ともに早川書房刊）他多数

HM=Hayakawa Mystery
SF=Science Fiction
JA=Japanese Author
NV=Novel
NF=Nonfiction
FT=Fantasy

ウは宇宙《うちゅう》ヤバイのウ！
〔新版〕

〈JA1558〉

二〇二三年九月二十五日　発行
二〇二四年八月二十五日　二刷

（定価はカバーに表示してあります）

著者　宮《みや》澤《ざわ》伊《い》織《おり》
発行者　早川　浩
印刷者　西村文孝
発行所　株式会社　早川書房

郵便番号　一〇一‐〇〇四六
東京都千代田区神田多町二ノ二
電話　〇三‐三二五二‐三一一一
振替　〇〇一六〇‐三‐四七七九九
https://www.hayakawa-online.co.jp

印刷・精文堂印刷株式会社　製本・株式会社フォーネット社

ISBN978-4-15-031558-0 C0193

本書は活字が大きく読みやすい〈トールサイズ〉です。